吳敏顯

腳踏車與
糖煮魚

推薦序

張曉風

曾經，他的職業是「記者」。我喜歡「記者」這兩個字，這兩個字如果翻得更白一點，就是「在做記錄的人」，敏顯是個優秀的「記錄人」。當然囉，這個記錄人必須有幸活得長一點，高壽一點，才能把老故事的前因後果說個清楚。

但如今長壽的人雖多，卻未必都能將往事記錄得好，要把舊事細細道來，則其人必須一向熱愛生活，以及生活周遭的大大小小瑣瑣細細的事物——人的愛有多深，記憶就有多長。

當然，還要加上「格物」、「致知」（這個古老的詞彙，其實就是「原原本本把世間萬事萬物加以清清楚楚地理解」的意思）、「正心」、「誠意」……哎，這樣說，好像太嚴肅太正經了吧——不會啊，人生，不是本來就應該如此嗎？幽默一下當然也很好，但幽默的繁花常是開在誠實又誠懇的沃土上的。

我喜歡分享吳敏顯這個「記錄人」極其認真極其翔實而又極其細膩多情的記憶。

目次

卷三

卷四

卷一

那一年半載

我出生在台灣東北部的偏僻鄉下，一歲半以前的生活空間，正值日本統治末期。所有對日據時代的認知，幾乎全來自長輩們口述，外加長大後讀到的書本及報刊。就一個姓名曾經短時間登錄日本戶籍冊頁者而言，對那個時代的了解，也只能從這些途徑去領略感受。

我出生的村莊，位於宜蘭平原靠海的壯圍鄉下，它同時是我生長了大半輩子的天地，鄉人大都種田或做工。

如果有人想離開這塊平原，往南走可經蘇花公路到花蓮、台東，那片比宜蘭更荒僻的後山。而朝北走可以到台北大都會，但必須在大山裡繞得暈頭轉向；或者搭硬板凳的火車，穿行一座座黑忽忽的隧道。

在我小學畢業以前，絕大多數鄉親不曾離開過這個三面被高聳連綿山脈環抱，一邊滑落太平洋的平原。

地處窮鄉僻壤，鄉人想活下去，除了吃苦耐勞，就是撐滿肚子苦水自得其樂。這種子民，正是統治者眼中的順民、良民。

當然，有少數腦筋奸巧的，會竭盡所能去巴結諂媚日本人，搶先把自己和家人姓名改得像日本人，自以為從此高人一等。

我的家族繁衍到父親那一代，他是唯一讀完小學懂得看書寫字的，不改名不改姓地到日本人經營的二結製糖會社工作，在載運甘蔗小火車的「二萬五車站」（現今宜蘭縣三星鄉萬富村），擔任原料蔗甜度抽檢工作，結婚後回到離家較近的壯圍庄役場（即壯圍鄉公所前身）當辦事員。

日本主管好意勸他，說如果改個日本姓名，對職務升遷與物資配給都有好處。縱算顧及親友鄙夷，不好將自己改名換姓，照說不難幫我這個剛出生的長子，取個日本味名字。例如：吳太郎、吳一郎，或叫一雄、正一、健一之類，但父親並未這麼做。

後來我進小學，曾羨慕取這類名字的童伴，他們名字用閩南語喊起來，比敏顯兩個字響亮得多，用漢字寫出來筆畫也簡單多了，不像我動不動就會把手腳伸出練習簿

遭日本警察丟進水圳沖走的秀才爺和三山國王神像，撿回來後仍由我家族繼續供奉。

日據時鄉下不少神像就被警察丟到這條大水圳，流進太平洋。

的格子外，稍加克制，則緊縮成一團糾纏打結的線球。

在那個男尊女卑的年代，連女孩子取名都有類似傾向，身邊不乏取名月子、美子、惠子、秋子、春子、梅子、芳子的童伴。子字日語發音「課」，直到台灣光復好些年，鄉間四處還聽到這個課那個課地課來課去，叫喚彼此。

除了更改名姓，日本人對台灣民間信仰也施加緊箍咒。我先祖從福建漳州金浦渡海到宜蘭開墾，比日本人早了幾十年，這是我識字後從祖宗牌位上知曉的。鄉下人即使全家文盲，仍舊不忘在客廳設置祖宗牌位，供神像。

父親說，日本警察為了推動皇民化，經常挨家挨戶巡查，沒收神明雕像和祖宗牌位。所以我們家祖宗牌位，曾經潛伏客廳樓拱上很多年。所謂樓拱，就是貼近紅瓦屋頂下方非常簡陋的半截天花板。至於祖先從唐山捧來三山國王當中的三王公和秀才爺兩尊木雕神像，早經警察登記在案，只能乖乖交出，任憑處理。

鄉下田野開闊，視線無礙。家人眼睜睜地看著警察把神像扔進不遠處的大水溝，卻不敢跟著去撿回來。因為日本警察腰間隨時佩掛武士刀，看來頂嚇人。任何人瞧見警察身影，都會趕緊走避。避過鋒頭，再設法遂行自己意圖。

所幸那文武兩尊落難神像，似乎曉得如何護佑自己，順著水流漂浮一天一夜之後，教溝底的水草牢牢纏住，才沒繼續流進太平洋，讓沿溝岸徒步搜尋的祖母，將祂們捧回家，跟我家祖宗牌位一起擠在樓拱臥薪嘗膽。

神明和老祖宗固然寂寞，活著的人也只能自得其樂。

早年沒電視、電影，人們會利用竹枝削製簫笛、大殼弦，拿木片竹片裁製響板等樂器，市面商家出現留聲機收音機之後，鄉下也僅零星幾戶有錢人家購置。多數人農作餘暇消遣，會自組戲班唱唱歌仔戲，或四處去看別人唱戲演戲。

根據民俗學者研究，台灣歌仔戲就是於民國初年在宜蘭興起的，風行各地並且很快跨過台灣海峽，在福建漳州廈門等地也頗受歡迎。

到了抗戰期間，日本官方說它傷風敗俗而明令禁止，要演只能演皇民戲。所謂皇民戲，連包公、關公都穿上日本服飾、黏兩撇仁丹鬍子，出口的台詞歌詞，台語日語夾雜，看起來聽起來全不對味，無法持續吸引民眾觀賞，戲班也就無法維持而不得不逐一解散。

福建方面發現在各地受歡迎的歌仔戲，源自日據下的台灣，便在日本發動全面侵略戰爭之際，同樣把它查禁，此舉幾乎使歌仔戲斷了香火。幸虧有福建老藝人將其略加改良後，重新在閩南薌江流域演出，稱作「薌劇」持續流傳，並吸引部分台灣藝人渡海前往加入行列。像一九四九年兩岸阻隔而未及返台的老藝人陳瑪玲，便擔任過漳州薌劇團團長。

歌仔戲從台灣民間消失後，直到日本侵略戰爭末期，應該是我出生那年，才意外地重燃生機。

當時日軍為了就近殲滅太平洋中的美國艦隊，在宜蘭市南邊闢建神風特攻隊自殺飛機起降基地，除調派民工和中學生勞動服務，主要人力來自台北、宜蘭監獄的受刑人。警察先在受刑人腰間綑綁繩索，再以幾條兩三公尺長的繩索連接其他受刑人，幾個人成一串施工隊伍，便於管理防止逃脫。

這些民工或受刑人，工作粗重又吃不飽、睡不好，難免脾氣暴躁，動輒相互鬥毆打群架。逼使監督機場建造的日本警方，不得不聽從地方士紳建議，找回解散的戲班，在機場跑道工地兩端各搭一座戲台，每星期固定演出兩場不同戲碼，抒發大家情緒。

我在所寫的《老宜蘭的版圖》一書中，就直截了當地表示，神風特攻隊沒能挽救日本頹敗，卻讓台灣歌仔戲死而復生。

統治者盤點人民腦袋瓜信仰和喜樂之外，必須約束人民肚皮。二次大戰末期，日本國力走下坡，無論在其國內或各殖民地的經濟都相當吃緊，民眾生活所需物資採行配給制，包括鄉下農民自己生產的稻米、布匹、家畜肉類等日常所需，皆列入管制。

我母親和村中婦女，得靠「跑野米」貼補家用。野米是私貨的日語發音，跑野米說的是走私。走私過程，是每隔幾天便有三兩個或五六個婦女互相邀約，用棉布縫製的背巾背著嬰兒，走一個鐘頭石子路，前往礁溪四城火車站，搭慢車到台北縣瑞芳站。

母親解釋，早年農家子女成群，婦女背負嬰幼兒出門並不希奇。所以她們背著嬰兒方便欺敵和窩藏私貨，每個嬰兒左右腋下各塞進一隻宰殺後煮熟的雞，腰腿間還各夾一包春好的白米。嬰兒外圍以包袱巾包住，只露出可愛的小腦袋，好騙過車站和車廂的警察。

這些白米和雞隻，帶到瑞芳車站附近賣給大盤商，立刻有錢入袋；大盤則以更高價格賣到台北、基隆的有錢人家。日本警察管制得越嚴，這些「野米」越搶手。連家中沒嬰兒可做掩護的，都忍不住冒險將雞隻和米包直接偽裝成嬰兒形狀背著闖關，無奈途中走動難免導致「嬰兒」變形而敗露行跡，物品被沒收還遭罰錢。

母親常笑我說，我在週歲前後，已經對家中經濟改善有不小貢獻。我倒覺得，自己在出生後那一年半載，參與了抗日哩！

在經過日本統治四十幾年後的偏僻鄉下，人們能稱之為反抗的行動，大概也只能堅持不改名換姓，繼續偷偷地祭拜祖宗牌位，繼續去把沒被燒掉或丟到溪溝裡的木雕神像撿回來供奉，繼續唱唱歌仔戲，繼續由媽媽背著搭火車去「跑野米」吧！

可惜那個年代鄉下沒有照相機、錄影機，為日常生活留下影像，更少有人懂得書寫文字去記載，僅有的記憶全賴長輩口耳相傳，當然流失得快。

不管如何，為了和長輩們聯手反抗統治者壓制，我這個週歲上下的奶娃，總算使出一些吃奶力氣。

——原載二〇一五年八月二十一日《聯合報・副刊》

本文收錄於二〇一六年九月出版《十字路口：台灣散文2015》（人間出版社）

牙仙寶盒

1

人身上的髮膚肌肉筋骨，牙齒算最禁得起歲月磨蹭蹂躪的零件。日常生活中大家總是忘了它的存在，往往要等牙齦腫痛流血，整顆牙站不住腳，開始搖晃、崩裂甚至脫落時，才會想到它。

可想到的，竟然是——如何盡快擺脫它。

說擺脫，按照宜蘭鄉下流傳的習俗，小孩子掉了乳牙不能隨便丟棄。屬於下排牙齒，必須用力拋上屋頂；從上排掉落的，則往床鋪底下丟。

早年家戶住屋全屬低矮瓦房，睡覺的木板矌床、竹編床鋪，床板距離地面足有五六十公分，施行這些規矩，難不倒六七歲孩童。

何況這儀式傳了好幾代人，你看我我看你，根本不用刻意去教去學，更不用大人叮嚀和監督。常被提醒的規矩是不可以嬉皮笑臉。臉部肌肉必須繃緊，神情必須嚴肅，最好能像學校訓導主任那樣板起面孔。

要把乳牙拋上屋頂，第一個動作是背對房子站好，像敬拜神明也像阿兵哥出基本教練站好立正姿勢，兩腿併攏，嘴裡大聲念出吉祥話：「雙腳站齊齊，狗齒換金牙！」後，即把握有乳牙的那隻手臂，由下方向前向上輪轉，在手臂伸至最高點時，鬆開手掌朝身後方奮力拋擲，好教乳牙飛上屋頂。

如果鬆開手掌時機不對，拋擲力道不足，牙齒不是立刻掉落地面，便是被身後方牆壁或門板彈了回來。有時候力氣夠了，牙齒落點正巧在屋頂上，萬沒想到它只顧頑皮地在瓦槽溝裡崎崎咯咯翻滾戲耍，隨即躍下地面。先前的動作，就得重新來過。

所以整個過程進行期間，身心反應必須相當靈活。當手臂由前向後上方揮動那一瞬間，身體馬上要調轉一百八十度，視線才有辦法及時捕捉到那顆牙齒的動向，盯著它從屋頂順勢滾落的行止，能否恰好卡在瓦槽溝中途。

萬一它煞車失靈，一路朝下翻滾掉落地面，更要看清楚它究竟掉落什麼地方，才有機會撿回重新拋擲。所幸這項老規矩寬宏大量，並不忌諱拋擲多少次，不像現代人啟動金融帳戶或保險櫃密碼，接連弄錯三次即被鎖死。

如今回想，只有遇到新建瓦房，或颱風過後剛翻修尚未孳生蘚苔的瓦片，才會欠缺阻力任那牙齒宛如玻璃彈珠，嘎啦嘎啦一路打滾蹦跳，然後俯衝墜落。

最容易招惹的困擾，反倒是早年屋前空地或道路路面大多以細碎石子鋪設，小小一顆乳牙掉落其間，想撿回來實在得花一番工夫。有時候耙梳翻攪半天，仍然不見蹤影，只好騙騙自己，挑個形似的細石子混充。

問題是，老規矩教人把下排乳牙往屋頂拋，用意在祈望未來接替的恆齒順利朝上長。而今弄個冒牌貨上陣，要那石頭怎麼長？當然容易蹦出差錯。

據說，很多孩子長大後齒列東倒西歪，真正原因就在這裡。

2

若作比較，處理脫落的上排乳牙相對單純。它們只須朝自己睡覺的床鋪下方丟擲，交由「眠床母」保管即可。

這動作簡單，但同樣有制式步驟。先是畢恭畢敬站立床前，雙手合十鞠躬念完換金牙口訣，再曲膝蹲下，甩手將乳牙盡量朝床底下丟去。

多數孩子求好心切，使起力氣難免過猛，導致丟出去的牙齒打到牆壁或床腳後彈回來，等於跟「眠床母」打棒球，被擊出高飛界外球。

這些高飛球和滾彈珠的場面，每每令圍觀童伴和長輩爆笑不已。主角瞧著身邊觀眾笑得開懷，卻也只能閉攏缺了牙齒而嘶嘶漏風的嘴巴，鄭重其事地把儀式重新來過。

萬一連自己都忍不住爆笑，結果會怎樣？答案心知肚明，將來新長的恆齒，肯定扭腰伸怪！或許正是這些突發狀況，才造成不少孩子隨後長出恆齒時，仿如遭遇強風吹颳的籬笆，有拚命朝外蹦開歪斜，有急著往口腔逃避閃躲。

孩童處理脱落的乳牙必須如此慎重，為什麼極少看到大人比照？答案很簡單，因為大人滿嘴恆齒，蛀掉一顆少一顆，縱使求仙拜佛日行一善，也長不出新牙。於是「狗齒換金牙」的口訣，被大人們挑了另外一個角度去注解。

換句話説，大人壞掉牙齒想換金牙並非全無指望，尤其那些開碾米廠、開雜貨店的有錢人，還有經營腳踏車店、小吃店的老闆，只要捨得花錢，到城市裡請齒模師傅或牙醫師裝幾顆金光閃閃的假牙，即刻保證他們笑口常開。再不濟事，鑲幾顆一樣閃著亮光的銀牙，也不錯。

那個年月，村裡確實不乏這樣的叔伯這樣的公公婆婆。彼此見面縱使無須對話，也會咧開大嘴笑著，令人無法逃避嘴裡那閃亮的金色銀色光點。

3

鄉下人認為，牙齒長得牢靠必定長命百歲，甚至活到一百二。對人的看法如此，對其他牲畜像耕牛像豬狗的健康體能檢測，皆採相同標準。

只是大家仍然揣摩不出該如何讓牙齒潔白漂亮，而且長得牢靠，僅有極少數人懂得每天大清早沾坨粗粒鹽巴刷牙，其餘多數人照舊敷衍了事。總要等到牙齦腫痛，才驚覺其嚴重性。

早在一甲子前，我姑丈就幫人治療牙痛，拔牙技術更是遠近馳名。這項診治牙痛和拔牙的技術，全從老師傅那兒學來。由於姑丈住家靠近宜蘭打馬煙海邊，便常有老一輩長者猜他是馬偕博士的徒子徒孫。大家都聽說過馬偕曾數度到打馬煙傳教，還幫當地居民拔除病牙，極可能因此產生赤腳醫生。

其實在那個大多數鄉下人打赤腳的年代，我姑丈已經穿著一雙牛皮縫製的皮鞋，鞋面外觀滿布泥垢及磨損刮痕，印證了他確實勤於四處奔波，幫人們祛除口腔裡的苦難。

姑丈幫人治療牙疾，主要靠一大把金屬鉗子、鑿子、錘子，以及一台裝著轉輪的機器。

平日裡鄉下看不到什麼機器，除了鄉公所的收音機、大掛鐘，路上偶爾駛過的公路局客車，就屬土礱間的機組。土礱間碾米時，幾條長短不一的履帶拉動大大小小輪軸，輾轉即碾出糙米、白米和粗糠。姑丈那台機器某些零件很像碾米機組縮小版，同樣具備轉動輪軸與帶動它的履帶。它和所有器材一起裝進木箱，被牢牢地綁在腳踏車後座，伴隨姑丈巡迴各個村莊。

只要姑丈的腳踏車停到哪家庭院竹圍下，不用宣傳廣告，很快會有一群老老小小齜牙咧嘴地圍攏過來。

姑丈用腳踩著機器下方一塊踏板，就能夠迅速轉動圓輪，讓他手上一根軸心跟著不停地旋轉，那筆芯式尖端，專門鑽進牙縫去清除牙垢；有時則更換一枚小錢幣般的齒輪，以磨平鋸銼已經崩塌半邊的鱷魚尖牙。

小小筆芯或齒輪看來全不起眼，一旦伸進任何人口腔，可都是狠毒暗器，隨便兜幾下即等同黑暗牢獄裡一場酷刑，等於被坦克車轟隆轟隆砰砰碰碰地闖進門。患者若是孩童，早就嚎啕大哭，大人個個臉色慘白，更有婦女嚇得昏厥。

不管姑丈走到哪個村子，都堪稱是教人害怕卻又不得不有求於他的重要人物。某一天中午，他正巧路過我家時留下來用餐。吃著吃著，他突然擱下碗筷，聚精會神地盯住我們牙看，也不管我滿嘴嚼著飯菜，馬上要我張開嘴巴讓他瞧個仔細。

餐間隨機看診的結論是，我那兩顆時時刻刻想朝外開溜的門牙，肯定是換牙後喜歡伸舌頭頂弄它們所導致。他安慰我父母說，男孩子相貌醜不礙事，機運來了照樣升官發財，歷史上醜巴怪做皇帝多的是，何況這孩子嘴巴大，包得住門牙，不漏財。

姑丈說完這番話，特地睜大兩隻眼睛，像探照燈般朝我父母、弟弟、妹妹的嘴形照射一遍，然後點點頭鬆口氣說道，我那門牙長相絕非祖傳，不必擔心它會傳給下一代。

平心而論，姑丈是位很認真且頗具研究精神的赤腳醫生，可惜上了年紀後，不再四處去幫人拔牙也不幫人治療牙痛，那整大木箱像是魔術師變把戲使用的器材，大概就任其朽壞鏽蝕了。

現今回想，我姑丈幾十年所拔下來的牙齒，若弄個麻布袋裝起來，恐怕不輸土壟間碾出的一大袋白米吧！

4

我家三個孩子換牙期間，居所已從鄉下搬進市區，同時由單層瓦房變成兩層樓。好在樓層不高，勉強還能比照鄉下老規矩辦事。

可等到孫子輩換牙時，他們住在十幾層高樓，縱使再大本事也丟不上豎著避雷針的樓頂。至於上排乳牙，大概也只能勉強塞擠彈簧床墊下面。

面對這種環境，迫使我想到西洋人傳說中專門收藏小孩乳牙的牙仙。孩子把脫落的乳牙塞到枕頭底下，牙仙便乘孩子睡著時跑來取走那顆牙齒，留下糖果或錢幣作為獎賞。

苦惱的是，忙完白天職場工作和廚房家事的牙仙，蒐集孩子那些乳牙之後又該藏到哪個角落？實在找不出標準答案。我讓孫子們發揮想像力去胡亂瞎猜，有猜牙仙會將那些乳牙串成項鍊和手環送給虎姑婆，一旦虎姑婆想使壞，那項鍊便朝她脖子搔癢或掐她手腕；有猜牙仙把乳牙撒向天空，一到晚上即變成閃亮的星星；也有猜牙仙以乳牙作為種子撒播在花園裡，等春天到來就開滿花朵。

在我們這個地處亞熱帶的島嶼，蔗糖製品種類繁多售價便宜，卻粒粒是牙齒的大敵，更容易招來成群的蟑螂螞蟻，教那些父母或阿公阿嬤裝扮的牙仙，誰都不敢隨便散發糖果。

可看到原本藏在嘴裡那一粒粒小小玉石般的寶貝，一旦脫離原本固守的疆界，現代人竟然棄之如敝屣，連個落腳處都找不到，心裡畢竟不踏實。

於是，我找出早年玩相機留下的底片盒子，送給孫子們收藏乳牙，騙說是牙仙派我轉送給他們的寶盒。他們每隔一陣子想起來，便會把頂蓋掀開，查看收藏在裡面的牙齒，是否抽長長壯。要不然就將盒子舉到耳畔，充當鈴鐺般搖晃，向牙仙叩門，找牙仙跟自己對話或歌唱。

我想，如果兒孫們搬家次數少些，那些個牙仙寶盒就不用從宜蘭帶到桃園，不用從桃園帶到新竹，更不必由新竹帶到新加坡，不必從新加坡帶到阿姆斯特丹，繞過大半個地球遊逛，肯定能夠持續收藏在身邊。

可經過這麼頻繁地搬遷，教我都不敢探問，他們那些個牙仙寶盒如今還在不在？

——原載二〇一七年九月二十日《聯合報・副刊》

尋找或遺忘

1 消失的城鎮

年輕時，對什麼都好奇，在很多雷同的事物中，也能夠探索出不同樣貌。例如，把一些城鎮當作心儀對象，將其特有姿色神韻，逐一烙印在記憶檔案裡，裝訂成冊，隨時翻閱欣賞。

城鎮各有不同身世，通常比人長壽，更多是傳了好幾代人。任何人從它們身上，都不難看到很多學到很多。

可惜大部分人並未認真看待，因此經過若干年月，早先走過的村里街巷逐漸頹敗，那原本記載標誌得清清楚楚的冊頁，已教時光仙子胡亂潑灑了灰褐色醬汁，長滿霉斑，褪掉顏色，無論字跡圖繪皆遭波及而黏糊堆疊。縱使再大本事，費再大勁，仍難以區隔每個城鎮該有的長相。

一個個村莊聚落，一幢幢老舊住宅，被蠻橫霸道的新建樓房推擠到邊側。大多城鎮仍繼續由路面遍布瘡疤，且寬窄不一歪斜扭曲的街巷所勾串，所掌控。

其間點綴著長年乾渴的花木，來往著各色各樣嘈雜人車，幾乎源自相同模具所套製。就算換個地方，看來看去無非舊片重演，泛黃模糊，欠缺生氣。

為什麼在你我記憶中，頗多城鎮會失去原來樣貌，甚至整個在眼下覆滅，絲毫不留溫馨古意？那些房屋街巷路樹電杆，沒船筏沒槳沒舵沒輪子沒方向盤沒翅膀，肯定划不走滾不動飛不起來。既沒人拉沒人推，也無火山爆發掩埋，未聞海嘯吞噬，難不成它們施展什麼魔法，自個兒騰雲駕霧？否則，它們跑去哪兒躲藏？

任憑自己怎麼搜尋，只能梳理出些許蛛絲馬跡，以及相關類似的傳聞，最後還得去攙和幾分似曾相識的感覺，好安慰自己。

人活一輩子，常遊走於許多城鎮，去別人居住的地方，欣賞不同民情與風景；那裡居民也會離開自己家鄉，往其他城鎮。卻誰都不曾料到，經過一段時日，你我所有的城鎮，僅剩下模糊的影像。

任何人一旦發現熟悉的城鎮，在眼前像花朵般凋謝，往往才驚覺自己年華已跟著老去。孤單落寞一波接一波猛撲過來，腳底下實在不容易踩到稍稍硬實牢靠的土地。神仙或凡人，皆感受到那種飄忽和晃動，覺得自己恰似無處靠岸紮根的浮萍。

2 熟悉的場景

每天有很多人像無頭蒼蠅，在大街小巷打轉轉，不管天冷天熱或晴或雨。奔馳的車輛裡，經常坐滿表情呆滯的乘客，任憑司機把車子忽快忽慢地彎過來拐過去。年輕人則駕駛頂級跑車、重型機車，猛催油門拚命往前鑽，恐怕連自己也弄不清楚急著趕向何方。

到處瞧見邊走路邊滑手機，忙著捕捉精靈的男男女女。有的自顧自地嘻嘻哈哈笑開來，也有形同乩童起乩，搖頭聳肩，比手畫腳地喃喃自語。

每個人都變成情緒亢奮的獵人，追逐著獵物；每個人皆是懷春的少年男女，各自忙於趕赴約會。

最奇特的是，世界似乎回到那個哀鴻遍野的年代，無論老老少少，個個像餓死鬼投胎，只要嗅出絲毫油腥臊氣，即停下腳步排隊買吃食，也有人爭先恐後搶著占據座位或停車格。不要問為什麼，現代社會總免不了重複搬演這幾齣戲碼。

還有一種人，整顆腦袋瓜甚至整副身架軀殼，僅僅容得下銀行存摺和花花綠綠的鈔票，當然要把周邊事物拋開，好騰挪更多空間填寫數字。另外有人探頭探腦，覺得自己始終站在邊界，始終猶豫要不要向前跨出步伐。

我時常叩問，自己究竟該劃歸哪一類？那個被遺忘的我，到底躲藏哪個角落？和大多數人一樣，行蹤敗露之際，我趕緊佯裝過路人。但眼神閃爍，一下子便給猜中，這個路人正急於尋找一個有本事認清自己的我。

人上某個年紀，多多少少帶點兒健忘癡呆。面對過去所認識的人，雖說似曾相識，卻怎麼也想不起對方名姓，在什麼場合認識交往。記得牢靠的越來越少，直面相遇只好禮貌性地點頭微笑，避免失禮。

如此熟悉的人物與場景反復呈現，影影綽綽的，往往令我茫然失措。

3 陌生的標籤

現代人每天接觸的事物相當龐雜，就像身處熱鬧街市，必須依賴路標市招名稱或道路編號去辨識。

事情及物件這個樣子，人呢？免不了跟著複雜交纏。包括容貌、膚色、眼神、口語腔調、肢體動作、服飾、刺青、胎記、傷疤，皆可分辨，而蘊藏於任何人內心所思所想，則非第三者得以輕易窺探。

於是每個團體成員，很難擺脫黨派營壘，和所謂主流、非主流拉扯追打。只要你屬團體一分子，自然會被染色，劃分歸類為這一國那一國。

也許有人會說，通常是單位太大人多嘴雜，要不然就是位處基層那些小小螺絲，才難革除種種陳規陋習。

事實並非如此。我認識一位在大學任教的朋友，整個系所總共六七位老師，表面上大家斯斯文文，禮尚往來，骨子裡照樣不乏小鼻子小眼睛，動輒分黨分派，鉤心鬥角。

每次遇到這種情景，立刻教我回想起許多年前煞死（SARS）流行期間的一幕。那年月，走進任何機關團體，抵達門口第一件事，先測量體溫，確定身體沒發燒症狀才算過關。把關人員即在你衣服上貼張標籤，算是發給簽證，讓你通行無阻，避免眾人憂心疑慮的目光把你充當標靶，來回掃射。

某天上午，我得開會。提早出門先送幾張照片到縣史館，再往市公所找朋友，算算還多出點時間，順道轉往文化中心看畫展。最後始經由某大學側門，去參加會議。會場有個年輕工作伙伴，瞧見我胸前貼著紅黃藍綠四個圓點標籤，笑我說：「老師，你從軍中退伍已經二三十年了，還升一級上將，真是可喜可賀哩！」

這種黏貼標籤作為辨識的情形，雷厲風行一陣子便不再施行。但人們在任何時刻任何場所，只要幾個人聚首交談，仍然很容易遭人貼上標籤。雖說這些標籤已由紅黃藍綠各色顯眼貼紙變成透明無形，外觀無從查覺，可一旦被貼上，絕對招來異樣眼神，或拉攏或排擠，黨同伐異自古已然。

如何看待花里胡哨或透明無形的標籤，恐怕誰都給不出標準答案。要排解，大概僅能靠人們掛在嘴邊那句話：「自己心中自有一把尺。」

困擾的是，每個人心中那一把尺，各有不一樣的刻度，很難彼此換算呀！

4 走失的記性

小孩子經常忘東忘西、丟三漏四，大人會笑說：「這孩子還沒長記性。」還沒長記性，並非沒記性，不管慢慢長快快長，總在成長，希望無窮。等過了中年，這項成長若趨於緩慢甚至停頓，恐怕連日常生活都難應付。諸多物件從此不再增長便罷了，記性顯然不同，它一旦停頓不前，原先長出的部分肯定逐漸地倒退萎縮。如果說，尚有未及萌芽者，恐怕也沒時間沒空間出頭了。

我猜測，人上了某個年紀，整顆腦袋瓜早被先前幾十年歲月所積存的愛恨情仇，堆疊滿坑滿谷，正如年輕人所形容：「記憶體已經被塞爆了。」

醫生常安慰長者，全身筋骨肌肉和器官逐漸老化，體力肯定一天天走下坡，誰都逃不掉。可誰能料到，單單因為手腳筋骨及器官運行變得遲緩，追不上生活步調，竟然把腦殼裡不受風寒日照的記性，也給拖累了？

我帶了本讀過幾個章節的小說，準備上二樓陽台繼續讀它。途中想到人坐戶外應該帶杯茶水，即順手把小說擱樓梯邊。放下書，覺得這本小說開數大且厚重，容易滑落折損，於是調頭放在樓梯口報紙堆上。

就這麼多走幾步路，記憶完全沒跟上。等我端著茶杯爬上階梯，已遍尋不著那本小說，還懷疑早先已將它送往陽台。結果，整個人像隻松鼠，讓樓梯間充當轉圈籠子，上上下下來回折騰，找尋突然走失的那一小段記憶。

等記憶追上我，才教我想起躺在報紙堆的小說，平白耗掉十幾分鐘。

不能坐，不能走，不能吃喝，不能順暢呼吸，當然要求醫，而非致命的痠麻痛癢，通常能忍就忍，閉上眼睛打個呼嚕便忍過去了，何況只是忘掉不痛不癢的某件事。這正是大多數人慣有的日常生活。

可惱是不痛不癢不渴不餓，雖然不用找醫生，稍微轉動腦筋照樣能夠翻閱些許過往，但到底尋回多少？記住多少？根本找不到答案。

曾經讀過不少談論藝術和美學的書籍，有謂：「數大為美！」可任我怎麼想來想去，人的歲數大了，很多時候實在一點都不美。

5 遺忘的密碼

挪動手腳已經嫌不夠俐落，記憶還左顧右盼，成天慢吞吞地落伍掉隊。

無庸置疑，腦袋裡的晶片硬碟已遭病毒入侵而受損。奈何用盡方法，求助高手，皆束手無策，沒辦法更新替換。

於是，努力找回一些讀過的字句，例如物換星移，滄海桑田，白雲蒼狗，前進後退，忽東忽西，上山下海，以退為進……意圖充當消炎止痛藥劑。

有年輕朋友不以為然，笑說：「免驚啦！人世間的一切，不過是拿幾個形容詞相互替換替換嘛！將它丟進嘴巴裡叨念，或拿白紙黑字寫下，就像小學童描紅，按照線條摹寫，按照注音朗讀，簡單明白。要是花樣太多太繁雜，心一橫，忘掉就忘掉了，天底下諸多事兒，皆可事不關己。」

直到某一天，發現某位長輩至親、某個熟識老友突然躲起來，再也聽不到他們聲音，看不見他們身影了！

直到某一天，竟然把必須趕緊處理的事情，忘得一乾二淨，任憑左思右想，窮天下地，答案仍是一片空白！

直到某一天，發覺原本拿在手上的物品，竟然忘掉收藏到哪兒，怎麼找都找不著了！

事後再去追憶，再去搜尋，一切已緩不濟急。

現代人流行設定密碼保全財物文件。或許，所有從記憶中找尋不到的事物，都曾經設定密碼存檔。可密碼是什麼呢？縱算敲破腦袋，依舊沒有答案。

閉目冥想，雲天遼闊蒼茫，讓人觸摸不著邊際。回頭獨自面對鏡子，趁機仔細瞧瞧整天緊緊黏貼身旁那個人，因為失去某些記性而落魄成什麼模樣，迎面卻驚見一個似曾相識實仍陌生的影像。

映入眼瞼那個人，髮際線顯然持續往上爬升，眉眼上方已騰出大片亮坦崖壁。許是靈光乍現，突然闖進準備離開職場當年一段往事。

有個架勢十足的長官從台北趕來，與辦公室同仁餐敍合照。餐廳講究氣氛而照明昏暗，相機又鬧彆扭，快門如常啟動多次，說什麼都不肯閃燈補光。

我瞥了一眼長官同等油亮的前額，再拍拍自己額頭順口說道，有我追隨長官左右，咄，看哪個閃光燈敢造次！結果，照片放大沖印出來，幾乎人人笑得開懷，只有長官那張方臉像透過哈哈鏡，拉長了許多。

繼續從鏡子裡端詳自己眉毛、眼瞼、眼袋、嘴角、頸脖，甚至每寸裸露肌膚紋路，才發現他們統統染患懼高症。害怕朝上爬升也罷，竟是一幫臨陣脫逃棄械投降的膽小鬼，爭相恐後地亮起白布條，朝下垂掛。

我了解，這些景象絕非臨時彩排或預演，一切全係現場實況播映。動作快得連什麼音速，什麼光速、光纖、夢境，完全不夠看。

電視和報刊雜誌上，滿鼻子滿眼睛的肉毒桿菌、玻尿酸、電療、拉皮、按摩、針灸……到底能不能嵌筋入骨，改頭換面地找回過往，恐怕試了再試，也無法獲得滿意的結果。

華佗再世，靈丹妙藥，諸多典故早被作為廣告用詞，誰也說不準掌握幾分真實。

何況人間該記掛煩心事項，除開顏面、皮肉身軀，日常生活的喜怒哀樂貪婪癲癡，畢竟更為錯綜複雜，並非一般人用一輩子歲月抵擋得住。

很多症狀跟很多想法一樣，要脫離困境，務必取得開鎖密碼。好在生命旅程雖然繁瑣錯亂，讓人手忙腳亂應接不暇，但是尋找快樂的密碼還算簡單好記。

嘿，不就是兩個字的小小動詞，它叫遺忘！

——原載二〇一七年二月三日《聯合報・副刊》

狙擊手

1

繁複絢麗，容易討喜；簡明俐落，也能引起不少人注目。

這家咖啡館裝潢很簡單，窗框、牆壁、梁柱、天花板統統漆成黑裡透紅，使得端上茶几的每一杯咖啡或熱茶，在深色背景襯托下，無一不誇張地騰升起裊繞輕煙，彷彿吟唱歌曲或朗誦詩篇。

不管喝茶喝咖啡，甚至只是一杯溫熱開水，那一縷縷絲帶般輕煙，全都變化萬端。有時學張旭揮舞著毛筆寫下狂草，有時宛若樂曲起伏轉折，自岩縫間隙緩緩流瀉。

最驚悚是，偶爾它會突然幻化成張開滿嘴銳利尖牙的怪獸，凶狠吞噬一切，最後連自己也被嚥下肚去。

我想保持冷靜平穩心緒而少喝咖啡，通常喝金棗茶、杏仁茶，仍然覺得自己一直浸泡在味道濃郁的咖啡汁液裡，興奮地尾隨輕煙，心無旁鶩地騰空而起，享受那幾分快樂和懵懂的神志。

很多夢幻角色，往往在此一瞬間搭上我肩膀，拉住我手臂，隨著我漂浮遊走於構思書寫中的小說情節，潛伏於散文韻致裡，根本忘了自己。

吧台上方，吊掛一長路橘色燈具，形同放大了千百倍的簷滴，隨時會往下滴落。如果，碰上我心緒低沉，大概只有這排橘色燈光，願意給予溫暖。讓我像卡通精靈那樣攀附它們，從這一滴跳到那一滴，猛地躍進室外灰茫茫的夜空。跟隨整排懸垂的水滴形燈球，繼續蹦跳開去。

恍惚間，我瞧見一群頭戴橘色鴨舌帽的小學童排著路隊，自己也是其中一個，正高高興興地等候老師帶著去遠足。

等我把目光收回來，那些穿透深色玻璃的橘色水滴，隨即奔回咖啡廳裡，彷彿一隊由遠而近依序拐彎飛回的鳥群，從黯淡鑽入明亮。

不知道是雲層逐漸攏近，抑或這一路金色鳥群迂迴盤旋，牠們似乎始終貼著雲層下方，自由翱翔。

這時候，我想像自己是個狙擊手，趴在高樓陽台或窗口待命。

不管就射擊位置之前，扣下扳機之後，身處黑沉沉天地間，正可以掩飾我驚惶，舒緩我心跳。

只要容許我一個字一個字，一個詞一個詞，一句話一句話寫下來，不管單放或連發，皆可精確地對準目標，一擊致命。

2

第一次登上高樓，應當是五歲左右。

那年紀不懂得什麼叫狙擊手，但兩隻眼睛視線所掃描收攬景致，已經是橡皮筋彈射射程所不及的地方。

一個連宜蘭街都只聽說而不曾去過的鄉下孩子，突然有機會隨父母搭乘三個多小時火車到台北遊玩，這通常是做夢才可能。

媽媽花費不少時間，以擦拭爐灶油汙那股力道，搓掉我脖子上幾條黑蚯蚓仙，同時把耳窩裡、耳廓背後日積月累的脂垢清除乾淨，將頭髮修剪得整整齊齊，更換熨斗燙過的襯衫和吊帶褲，領口繫上她用零頭布料縫製的鸚鵡綢領帶。

沒想到，坐進蒸汽火車尾端三等車廂木板椅，才經過幾個站，還來不及收回好奇張望的目光，全身即被細碎煤渣充當遊戲場。煤渣模仿鄉下雨後亂飛的蠛蠓，成群結隊地撲到乘客身上捉迷藏。

蒸汽火車頭是黑烏烏的龐然大物，比我們村中某些人家住宅都高大。它一路喘著大氣，不時鳴響汽笛穿過數不清山洞，一而再地吐出嗆人黑煙，夾帶更大量煤渣鑽進車廂，教人無處閃躲。

這次遠行，先到板橋林家花園。和其他遊客穿梭在樹林和步道間，等我們坐進亭台樓閣納涼，有個人中蓄著一撮鬍子的寫真館師傅，架好木頭箱子罩塊黑布，便過來兜攬生意。嘴上那撮鬍子，很像某個童伴天天垂掛鼻孔下方的濃鼻涕，髒髒的，有點令人討厭。

父親說難得到此一遊，就付錢請濃鼻涕師傅幫大家拍攝合照。那是我人生歷程中最早一幅影像，十足呆頭呆腦，確實不容易被人猜到他將是個以狩獵日常情景為生的狙擊手。

而印象最深刻，是參觀台北市區菊元百貨大樓。這座七層樓裡安裝了電梯，它可以一口氣載好幾個人到各個樓層。讓人不必費勁去爬樓梯，就能學《西遊記》裡的孫悟空騰雲駕霧，非常神奇。

透過電梯玻璃窗，外面大部分房子只能抬頭仰望我們。天色飽含水氣，應該好久沒粉刷過，且褪了顏色，東邊緩緩推移過來很大一片鉛灰粉白雲層，高度比天空低許多。

不遠處，有座頗具規模也滿氣派的磚紅色建築，仿如田野間一隻大鳥撐開翅膀豎起長長脖子。大人們說，那是日本仔總督府。旁邊立刻有人糾正，日本仔戰敗回家吃壽司好幾年了，總督府拿來當民國的總統府還差不多。

一心一意貪看風景，看各色各樣人，看高低不一形式不同的樓房。覺得都市風景也像圖畫，雖然缺少鄉下綠油油菜園和稻田，卻種了不少樹木。街道樓房宛若一堆堆積木，部分房子矮一點小一點零散一點，則像火柴盒散開一地。車輛來往於路上，小車似金龜子，大車像獨角仙。人呢？要仔細找，無論大人小孩男男女女，都酷似螞蟻爬來爬去，爭相在火柴盒裡外鑽進鑽出，四處探索。

等我讀書以後，作文課曾經寫過幾次我的志願，其中包括一些不同行業，卻從沒想過要變成民國的總統，住進那棟每天拉長脖子探向天空的紅磚樓。倒經常夢見，自己早已學會打半空中觀察人群來來往往。

儘管我膽小，還是喜歡爬樹爬樓。爬高方便瞭望俯瞰，便自以為頂像一個狙擊手，然後弄點兒遮掩、依靠，才敢細瞧動靜，搜尋目標。

3

從來沒信心當個精明的獵人或狙擊手。只能說，邊長大邊訓練自己，順其自然地朝目標前進。

究竟誰是我槍口瞄準的對象？這是祕密，並不適合拿來公開討論，何況有不少時候必須等到最後幾秒鐘搜尋，才能確認狙擊標靶。

每回我遊走於城市鬧區，總會先偵察那些密密麻麻寬窄不一的街巷，在心底繪製

狙擊手小時候。

幾條便於進擊和逃生路徑，還有幾個緊急時可供暫時藏匿之處所。

一旦出擊，若面對的皆屬陌生臉孔，城鎮也不是熟悉的城鎮，我會讓自己模仿古裝影片裡的大俠，大搖大擺地往左往右再朝前深入，身陷舉目盡是首次探訪的陌生街巷，隨時得提防刺客尾隨盯梢或暗算。

有幾次，我出其不意地猛然回頭，搶先扣下扳機，才發現竟然忘了撥開保險卡榫。原本輕易到手的目標，就在瞬間脱逃，消逝得無影無蹤。

這才明白，我只習慣躲在昏暗光暈下，盡量掩藏自己行蹤。更多時候為了避免被困被擒，勢必棄械而逃，重新去找出路。像我這類狙擊手，難免無功而返。

如果選擇城市邊緣，甚或空曠郊野作案，當然要顧及子彈有效射程，同時練就隱身術，最少最少得熟諳易容術。該更換服飾立即更換，該修剪頭髮快修剪，該黏貼假鬍鬚要黏貼，該塗繪則一筆一筆馬虎不得，該罩住該綁牢萬萬不能輕忽。

這些教戰守則像學校教科書，不須催眠大師念咒語也能令人呼呼大睡，我卻不得不提醒自己。因此，縱使多次閱讀的書冊，若有需要也會從第一頁開始瀏覽，再由最後一頁往前回溯。如果時間不允許，則找中間某一章節插隊，這麼做，無非想尋回昔日燈影下的溫馨時光。

自己書房還收藏許多書冊，那一疊疊一落落雖然有別於教科書，對我這個多年來充當文字狙擊手的人，倒給了不少滋補養分。

4

一個人上了年紀，視力逐漸模糊，眼皮和手臂偶爾還會不自主顫動，出擊時必須先擦拭額頭汗珠，且不斷搓揉眼睛，對著覘孔重複作勢地瞄了又瞄。

嚴格地說，根本數不上正規狙擊手。唯一拿來安慰自己，是經由多年努力，至少還能夠爬到施行狙擊突襲的高度，挑選最佳射擊位置！

當狙擊手，最怕一口氣要鎖定狙殺多個目標，面對眾多窗口裡晃動的人影，仿如面對一樹群鳥，牠們吱吱喳喳跳動個不停，盡使人眼花撩亂，不知道該挑哪隻先下手。

其次害怕是，透過覘孔突然辨認出一張熟識臉孔。瞧見那目標行止如常，正是平日聊天說笑那副神情，更加令我懷疑對方早已看破我企圖，故作鎮定就想考驗我這個朋友是否下得了手。

我咬緊牙關，握住槍桿提醒自己，哼，這回他想岔了。他肯定沒料到，對一個狙擊手而言，獵殺目標並不需要具有深仇大恨。

狙擊手一舉命中仇寇，固然痛快；而陌生面孔確實更能夠讓自己穩住槍枝，避免傷及無辜。因此，縱然面對平日熟識對象，再怎麼有情有義，任何狙擊手都會將它視同冤家或陌路，這正是狙擊手異於常人之處。

萬一出現眼前目標不止一個，大家都懂得應該先挑主要目標下手，擒賊先擒王呀！問題就在你衡量誰重要誰次要當口，某些目標已在你遲疑瞬間隱匿消失，甚至從此不見蹤影。

看來，我仍須努力學習，好好苦練，釐清思緒，才能作為一個又準又狠的正牌狙擊手。

當我頹然坐回書桌前，始驚詫地發現，原先手中所持槍枝，既找不到照門或覘孔，也沒準星跟表尺。它，僅僅是一支吸滿墨水的自來水筆，一支裝填油墨管作為子彈的原子筆。近十年武器更新，則經常換成一具百來個大小按鍵的電腦鍵盤。

面對這具毫無殺傷力的鍵盤，心底不免懊惱，可一心一意冀望著能持續當個高明的狙擊手，去獵殺任何打眼前浮動之影像，只好依賴它。

縱使戴上眼鏡，從近視加散光再加老花，總算還能透過鍵盤驅動電腦螢幕，無論鋪陳出細明體、新細明體、標楷體，外加粗體，早已經由十二級十四級十六級十八級一路攀升，仍然不曾絲毫悔悟。

原來，所有周旋於文學天地間的狙擊手，跟日夜留連大小賭場裡的賭徒，心態並無兩樣。不必宣誓，不必切結，一旦投入即無怨無悔，勇往直前。

——原載二〇一六年十二月五日《聯合報・副刊》

分身

1 這個網路

一甲子前，他和所有的鄉下孩子都買不起積木玩具，只能撿石頭或捏泥巴，去蓋樓房，建碉堡，砌迷宮，築防空洞。

從沒想到，幾十年後的某一天竟然在應邀演講的彩色海報上，看到主辦單位介紹他是——○○古建築研究工作室主持人及國立○○科技大學建築系兼任講師。

承辦人員瞧見他驚愕困惑的眼神，立即致歉，表示資料是網路上截取的。

這就是網路，四通八達的網絡。

接著他發現，不少當過縣市長當過立法委員當過縣議員的，不用再花錢綁樁，好像永遠都可以是現任。

有些職銜早已成為歷史名詞，卻依舊有人被戴上省長、省議員、國大代表的帽子，大咧咧地四處行走。

還有企業因為經營不善而破產倒閉，為了躲債逃匿無蹤的老闆或某某家族第幾代傳人，照樣好端端地繼續幹他的董事長、總經理。

這就是網路，四通八達的網絡。

它不但胡亂牽線錯配姻緣，讓人一日為官終生是官老爺，也讓人一旦賺過大錢或繼承大筆遺產，便是一輩子富豪。

最最離奇，莫過於某某人早已作古，在天上的日子加總足以使他下巴的鬍子拖到地面，結果從網路上搜尋的資料，往往持續停留在——○○○（一九二○年～）。

啊，多美妙的～符號！彷如大海裡翻騰的波浪，永不止息，朝向那象徵無止境的留白處蔓延，且一再推開遠去。使一位實際只走過六十歲七十歲人生歲月的某先生某女士，持續活了下來。說不定到二一二○年上網時，他們仍然健在，矍鑠地睖瞪著未來的世界。

網路真的很神奇，任何人不必講求養生忌口，不必早睡早起，不必運動修行，不必跨海覓求仙丹，伸出手指頭按個鍵，輕輕按個鍵，就看到有人長生不老。

這就是網路，四通八達的網絡。

看，這網路教很多人不用研究、寫論文便可以到大學教書，教很多人一輩子當大官當富豪，又讓很多人長命百歲。它搭建了高大的牌樓，懸掛數不清的匾額，樹立數不清的功德碑。

人類，有網路安身立命，而且能夠找到分身替代，真好！

可長久以來，他用十個手指頭不斷地敲打鍵盤，卻無從把握螢幕顯示的文句篇章，將會停留在哪個年代哪個欄位？那些胡言夢囈入駐網路之後，或被覆蓋湮滅，或遭冒充頂替，或攀住網眼夾縫勉強存活供人搜尋，誰也不曾給過他明確答案。

面對這個網那個網，不少人看待它是百科全書，是未卜先知的諸葛孔明，網住人們的眼睛，網住人們腦袋，網住人們心思。逼你像思念情人那樣，思思念念，坐立難安，忘寢廢食。

清醒的時刻如此，睏頓的時刻如此，根本等不及對方拋個媚眼，露出酒窩，即展翅投奔。

爺爺說，奶奶說，爸爸說，媽媽說，校長說，老師說，課本說，孔聖人說……彷佛在一夕之間全部過時變盤了。迎面而來的滿眼睛滿鼻子，都是網路說。網路那麼說，網路這麼說。

為了逗你開心，網路會隨時化身一盤供人抽獎的百寶格，戳破或揭開任何一個圖案，格子裡便有各種不同的獎品，不同的驚喜；可很多時候，大家都忘了每一格圖案底下的窟窿，也許窩藏著咬人的陷阱。

如果繞個彎呢？它還是不忘戲弄你。任何人想繼續朝前走去，肯定撞牆，要不就遇到全然陌生的叉路口。

碰上這種關卡，只好悄聲安慰自己，老祖宗說過——雞蛋密密也有縫，更何況它擺明叫網路。

器具一旦稱之為網，理所當然密布著網眼。用來抓大魚的，網眼孔洞大，小魚誤闖仍不難逃脱，甚至回頭把它作為幼兒園冒險練膽的遊戲場。若不幸碰上網眼細密，等著大小通吃趕盡殺絕的陷阱，任誰都要小心應付。其實，操弄這樣的網具，真不如乾脆放光整池子水來得省事。

誰都明白漁人撒出網罟，所網到的並不全是魚蝦，還包括樹枝、雜草、石頭、磚塊，以及很多人隨手丟棄的垃圾。大概只有當了神仙或化為塵土的人，才能永遠在浩瀚的網絡裡自由自在。

不知道網路資訊是否該像食品、藥品那樣，除了標明製造日期，應該訂個有效期限，屆時自動更新最好，至少能夠回收清除。

2 那個雞婆

每回出門，除了帶皮夾，還得撥電話找手機。平常那手機像個雞婆，什麼事都插一腳，遇關鍵時刻卻摸魚偷懶，躲到陰暗角落打盹，要我去叫醒。

身邊帶個雞婆，有些無奈，但帶了它等於帶了耳朵、嘴巴，夾個算盤，捧著原本藏在腦袋瓜裡的海馬迴，領著小小的智囊團，大可心無牽掛地出門散步、逛街購物。

縱使內急鑽進廁所，也不怕什麼大官或美女突然找來，而尷尬失禮。

人分好多種，雞婆更不例外。當我還領薪水的年代，有個叫摩托羅拉的雞婆，幾乎整天耀武揚威，以為它是我衣食父母，狐假虎威地頤指氣使。甚至在眾人面前，不留顏面地朝我大聲嚷嚷，快去找什麼人，快去辦什麼事。

如果說，自己當年堅守崗位善盡職責，全心全力投入工作，才獲得肯定，不如說，不得不對摩托羅拉雞婆言聽計從的結果。

沒想到隔了很多年之後，已不再領那份薪水而過著自食其力的日子，卻時時刻刻仍有個雞婆隨侍左右。

教我不得不懷疑，自己才是手機的隨從和分身，分秒不敢怠慢。每天一睜眼，總得先看它臉色，由它決定給多少時間把鬍子刮乾淨，是否允許我不慌不忙地坐在馬桶上看完一落報紙，或連喝口牛奶都不行。

自己曾經冷靜分析，與雞婆之間該怎麼相處？才發現這雞婆竟是個爛好人，根本分不清好歹是非。

它心情好的時候，常用曖昧語氣留言遞條子，語帶挑逗說：「好久不見，想死你啦！」「辣妹雲集，心動不如馬上行動，客服專線——。」要不就貼近耳畔輕聲細語：「大哥，你寂寞嗎？等你來電喲！回電請撥9——。」

朋友警告，只要回撥，立即會有甜美的聲音繼續黏著你，儘管不心動也得付出昂貴的電話費。

另有幾次，身邊的雞婆學那戲台上邊走邊敲打銅鑼的「報馬仔」，瘋瘋癲癲地向我道賀說：「恭喜您中獎一百萬元！詳情請洽××××××。」

雞婆所以叫雞婆，最大的毛病在多嘴，絲毫不懂得幫人稍事掩遮。有人問我人在何處？它往往不假思索即曝露我行蹤——火車輾過鐵軌咯噠咯噠聲響，或是咖啡廳裡醉人的樂曲，百貨公司促銷商品的廣播，或是林間的鳥叫，浪濤敲擊灘岸的聲音。甚至餐廳酒客划拳吆喝，廁所沖馬桶的嘩嘩啦啦……莫不一一據實傳真。

這種手法和情境，跟逼迫一個人脫光衣服，赤裸著身子去遊街示眾，實在沒什麼兩樣。

日常諸多來電中，開口第一句話經常是：「你在哪裡？」一時真讓人分不清對方在問雞婆，還是問我。

有時，邊開車邊察看道路兩旁，仍然找不到明確目標，便含混回說正在路上。對方急了，往往會補一句：「你沒睡醒呀！我是問你忙什麼？」

我據實回答：「忙著開車，忙著接你電話……」但不待我說完，對方就掛了電話。等了一陣，沒等到鈴聲響起，很老實地向雞婆查詢，它熱心提供一組看似熟悉，又覺得陌生的號碼。

我想，既然留有號碼，禮貌上應該回個電話。未料電話才接通，那個言猶在耳的對方，竟然劈頭撂下一句：「你是誰，我不認識你呀，你打錯電話啦！」

更尷尬是正在開會，或口沫橫飛站在講台上大吹大擂之際，雞婆竟然肆無忌憚地朝我腰際猛搔癢，且咯咯笑個不停，那種摀住嘴卻不斷抖動的嘲弄，比真笑出聲來更陰森恐怖，迫使腦袋瞬間當機，忘記接下去該講哪些話題。

我退休時，第一個想慶賀的是終於不用隨時戴著手錶和手機了。因為兩「手」一空，再也沒有老闆在半夜嘀嘀咕咕，更不必害怕漏接什麼重要信息了。

既然已經當了手機好幾年的分身，爾後便該輪它侍候我了。從沒想到，會冒出更多的老闆指使它牢牢釘住我。

包括兒子女兒找老爸，老媽找兒子，弟弟找老哥，同事找老同事，太太提醒別忘了買醬油和水果醋回家……連許多不認識的罩杯美女、地下錢莊老闆、地檢署檢察官、國稅局官員，都要輪番關切我有多寂寞呀！需不需要周轉呀！銀行存款戶頭已遭入侵，趕緊轉存指定帳戶才不會被盜領哦！

每一個人都說，反正退休了，總有時間在電話裡多聊聊吧！偶爾錯過約定時間，忘了開機或漏接，接著第二通必然是：「嘿，退休了又沒什麼好忙的，怎麼接個電話都沒空呀！別跩得像二百五嘛！」

許多年前手機剛流行時，曾經見過一則手機廣告，演出畫面是——某個男子身處密閉的斗室，只見牆壁連同屋頂一步步向他逼近，最後就被擠進個很小的框框裡，他卻依舊一手摀住耳朵，始終笑瞇瞇地說著話。

意思告訴大家，縱使被幽禁在最狹窄的房間，若有支手機即能夠與廣大世界保持聯繫，如同身處寬闊的天地。

我想，難不成這是老天爺神諭？告知我們必須有所警醒，人類和未來世界相處正是這般處境——自我囚禁在一個不斷縮小的空間。

最近一次高中同學會，我建議大家留個伊媚兒信箱方便聯絡。很多人以為我喝醉了，相繼數落不要以為自己還年輕呀！說說看有哪個老花眼能弄清楚伊媚兒呀！老了就乖乖認分吧！有話直說，手機上設定簡碼，指頭一按，直截了當，天涯海角都找得到哩！

正當朋友數落著伊媚兒的不是，貼身的雞婆就緊趴我胸口，摀住嘴咯咯笑個不停。

那瞬間，幾乎嚇出我一身冷汗，以為多年高血脂高膽固醇的自己，僅僅淺嘗幾口白蘭地，心臟竟然搗鬼。我強作鎮定，才弄清楚不是牛頭馬面敲門，而是某個糊塗蛋撥錯了號碼。

看吧！這一切的一切，全是那個雞婆所陷害。

可它認為年輕的新世代雞婆，才算厲害，不單嘮叨搔癢，還會在光天化日下扒光衣服扭腰擺臀，露這個點露那個點，讓人像個不要命的醉漢，隨時都可能糊里糊塗地闖紅燈跌落溪谷。

我身邊那個雞婆強調，比起新世代那些媚惑人的妖精，它已經非常落伍了，勉強只能算個忠心耿耿堅守本分的隨從吧！

——原載二〇一六年十月十一日《聯合報・副刊》

卷二

田野的光燦

1

要在紙張、畫布、地面或牆壁塗抹顏色，必須用畫筆或刷子沾染顏料。

而今在我們鄉下，顯然出現技藝比手持畫筆刷子塗繪還高超的人，他無須拿任何工具去觸碰任何顏料，只要倒出少量瓶裝液體，像止咳甘草藥水或甜甜的鈣乳，不管透明不透明，舀水摻合稀釋後倒入噴桶，便能將薄紗般的霧氣，噴灑到田野，為大地彩繪織錦。

噴灑過程，宛如孩童常玩的遊戲，先含一大口清水在嘴裡，緊閉雙唇，再鼓足氣把它噴吐出去那樣。正是鄉下休耕田常見的景致。

經過這麼一場噴灑遊戲，有點像魔術師變把戲，乍看沒啥希奇，卻很快就瞧見田野由翠綠變橙黃，展露出另一種詭異的光燦。

現代人視力普遍不好，尤其陽光照耀時分，面對如此遍染華麗光燦的田野，肯定當它是豐收前該有的輝煌景象。

尤其居住熱鬧街市，出門必須搭大車換乘小車或開小車趕搭大車，習慣用輪子代步的人，從大小車窗望出去，入眼盡是各式樓房的大小窗子。要是突然發現視野少有阻攔，隱藏的天空和大地，立刻跑出來取代原有的僵硬框框，絕對是視覺、聽覺、嗅覺、味覺、觸覺，全部感官大解放。

都市人講究流行趨勢，鄉下農人考量的則是季節轉換，一個是拚命追逐，一個認分順應。因此，長住街巷者並不容易弄得清楚鄉野間到底流行些什麼。偶爾和朋友下鄉，勉強開開眼界，無論遠望近看，攬括進來的風光，除了翠綠草叢樹木及農作，當然不乏那些彩繪區塊所鋪陳的閃閃金光。

視線所及，從地面長出來粗細高矮不一的枒杈，寬窄張合的葉片，無不精密地鑲嵌金線。按常理，這光采可要等到作物成熟才綻放，說什麼也不該出現在休耕田裡。

等你靠近細瞧，始驚覺整塊田地呈現的並非想像中結實豐碩的場景，而是頗具縱深的一大片枯黃，不管任何草葉草梗，小鳥播下種子萌芽茁壯的木瓜、龍眼和芭樂苗木，甚至上期稻作割除後冒出的再生稻，統統披掛著枯黃衣飾，垂頭喪氣。

儘管遠處那一抹青翠田園和淡藍色山脈，使勁張開手臂，幾乎都要攔不住整大片漫漶開來的黃色光影。

縱使陽光打盹偷懶，枯黃的作物和野草雜樹，皆不難裝扮成結穗或摘除穗實的稻叢。有傾斜歪倒，有折斷分岔，有層層堆疊，皆顯露出溫暖蓬鬆且富彈性。

彷彿隨時能夠吸引小貓、小狗、小孩到上面蹦跳、翻滾、躲藏，甚至四仰八叉地躺在上頭作起白日夢。而實際上，只要身上長有嗅覺器官的動物，大多不敢靠近。

2

曾經有人告訴我，台灣島上所有的城鎮看來沒什麼差別，連鄉村都極相似。人們生活其間，讀書考試很辛苦，養兒育女很辛苦，經商從政很辛苦，做工種田種菜更是辛苦。

近年來，卻不斷有耳語流傳不同看法。人人指著我出生、居住、工作、養老的這塊小小平原說，此地有最美好的田園，是島上所剩不多的人間仙境，恬靜優雅，適合充當台北大都會的後花園……

一個人只有站在如此天地間呼吸吞吐的，才叫空氣；能在這兒張開喉嚨喝飲下肚的，才叫清水。如果，有財力有辦法到田野蓋棟華麗房舍住下來，那才叫生活，才有可能學童話書裡說的——從此過著幸福快樂的日子。

於是，天天有觀光客眨著賊亮賊亮的眼神湧進來，刺探哪兒有自以為好吃、好喝、好玩的去處，然後把自己皮毛的感受與初淺認知，潑到網路上蠱惑人心。

渾身散發鈔票味道的有錢人，同樣睜開賊亮賊亮的眼睛，掏出銀行帳戶裡的零頭尾數，找塊農地開始堆砌漂亮的小洋樓，彷彿孩童玩積木。

田野原本就不容易拴住在地年輕人的心思和腳步，除了各類病蟲害，誰也不願意死守著稻田和菜園。有些老農夫雖念舊，卻經不起仲介商一再遊說，天天都等著有人出個好價錢。

田地沒賣出去，必須照舊低頭彎腰去種稻種菜。要持續農作，得使用快速便捷又

這種田野的光燦，只能用視覺觀看，不能用嗅覺品味。

有效率的方法——要消滅福壽螺，誘捕費時，那就噴灑藥物！要清除雜草，拔除費工，那就噴灑藥物！要防治病蟲害，抓不勝抓，那就噴灑藥物！

聽說有些藥物是被允許使用，有些則是被禁止，問題在少有人能夠畫出明確界線，更少有人肯仔細去分辨。省工等於省了勞力和開銷，在生活逼迫下，眼前看得見才算收益，看不見的總是煩惱，誰都不想去探討看不見的內裡。

那些台北都會有錢人建造的度假別墅，通常交由圍牆、鐵門、保全電眼把守，一年到頭恰似一座神祕城堡，對於周邊空氣變化沒什麼感覺。而搬來定居的人家，便會連續幾天聞到嗆鼻臭味，接著還發現，周邊田地常見的小蟲不見了，田螺不見了，青蛙不見了。

麻雀飛走了，白鷺鷥跟著飛走了，烏鶖也不再來俯衝叫囂爭搶空域。田埂上，不再有小蛇爬來爬去嚇唬人。甚至連剛卸下噴桶的農夫都變成陌生人，要隔很長一段日子才繞回來探看。

整大片天地，猶如舞台變換布幕，迅速地從青春少年衰敗成佝僂羸弱的老人。更像拳擊擂台上，連續遭到重拳捶擊而倒下的巨人，咧開大嘴湧出血水，並呼出難聞的口臭。

一口曾經醃壞了醬漬物的大陶甕，再怎麼撐大嘴巴，總得花很長時間去發散異味。只好任憑陣風時緩時急地吹過甕口，發出嗚嗚嗡嗡哭泣般的響聲。

現代人對生活環境中的所有侵擾，似乎早有了適應性，很快即產生抗體。隔不了幾天，花錢蓋洋房的新住戶便安慰自己和家人說，農藥這一噴把蒼蠅和蚊蟲殺掉不少，夜裡不再有蟲叫蛙鳴擾人好夢，天亮了也沒有成群鳥雀喧鬧。嘿，嘿！正好可以偷懶續個回籠覺。

許多看得見聽得到的煩惱，似乎統統不見了。

3

我正是田野光燦的彩繪大師，我正是趕鳥驅蟲讓人們睡個安穩的達人。

大家不一定知道我的名和姓，但鄉下人心底明白，我屬哪一號角色。無論瓶裝、罐裝、袋裝、桶裝，無論粉末或液體，不管赤裸裸或盛裝打扮，大家根據我出身背景和該有的本事，誰都不能輕忽，卻又好像很少人在乎。

我和友伴會改變各種姿勢和體態，必要時還學隱形人那般神隱，反正我們有充裕的時間，從不害怕等待。

聽說有時候官方通緝我，說我是個前科累累的大壞蛋，但民間則不得不依賴我、縱容我掩護我。彼此心知肚明，大家需要的不外是出手凶狠俐落，絕不拖泥帶水，絕不心軟，一個真正可靠的好幫手。

大多數人，若眼前能獲得許多好處，占到不少便宜，往往忘了計較以後如何。偏偏有些後遺症，並非一加一等於二的單純命題。

可誰都清楚，眼前有好處屬於我個人，而後的痛楚則由大家共同分擔，我當然不必有什麼顧忌。何況哪些事情該做不該做，本來就很難掂量得清楚明白。

據說，人在遭逢劇變而焦慮時，曾有一夜白髮的情事，例如二千五百年前的伍子胥。而現代田園作物或雜草，不必任何壓力，只要我輕輕照拂，轉瞬間即由蒼翠變枯黃，在我魔法施展下，所向披靡。等同任何人伸出指頭在電腦鍵盤按下一個鍵，或揿下相機快門，輕而易舉。

其實我不僅針對作物。我似乎與生俱來便有穿牆人的本領，穿透你身體，直接抵達你肺臟、肝臟，讓它們纖維化，像掃光植物身上有汁有肉的葉片，僅留下枯瘦的枝枝節節。同時把母親肚子裡孕育的胎兒，變成怪模怪樣的外星人，這才是我最大的本事。

人類相信輪迴之說，尤其是垂死前那一刻，至少會保住一絲希望，認為下一輩子應該比現在過得更好。從來就忽略我可以變幻各種姿態存活，絕非包裝上寫的有效期限。不是我誇口，不管任何人輪迴幾輩子，我都能輕鬆地緊緊跟隨他好幾世人。

現在你應該明白，單憑外表的光燦，不去窺探內裡真相，是分不清善良與罪惡。

世間事事物物，都應該貼近去瞧個仔細。如果你多花點心思，就不會以為我帶給田野那一片橙黃，是豐收前的景象。

——原載二〇一五年十月四日《中國時報・人間副刊》

樹屋

落羽松費盡心思，手忙腳亂地辛苦了幾個月，隨著節氣輪替，身上的服飾早已褪色磨損，總算趕在冬天離開之前，把樹冠建構成一棟新潮又奇特的建築。

原來，這傻大個子朝思暮想，就是為天空，為陽光，為星星，為雲朵和風雨，提供舒適的住宅。

樹屋格局猶如蜂巢，更像是最頂尖匠師親手編織，或大師級藝術家精心雕鑿鏤空的作品。除了層層疊疊，數不清樓層、隔間、廊道、階梯，還有許多形狀與大小各異的窗洞。看似透明，卻仿若拼貼的圖案。每道門每面窗，皆具水晶般多重面相，且跟著天色變幻，閃爍出明豔華麗的光彩。

我常見鄉下老鄰居在溪河撒網捕魚，每當網具張開觸及水面之際，原先群聚嬉戲覓食的魚兒迅即一哄而散。從不曾看過一棵樹竟然能夠輕易地用面網罟，便把整片天

樹屋為天空、陽光、星星、雲朵、風雨，提供舒適的住宅。

空罩住，同時伸出所有枝枝節節去套牢、逗弄到手的獵物。

不管陽光、雲朵、雨水、風絲，一旦落網總是拚命掙扎，有趕緊搖頭擺手，有低聲下氣地哀求，表明自己只是好奇的過客，或是個居無定所的流浪漢，走進樹屋暫且避寒，並未打算長住久居。

落羽松聽了有點失望，只好任憑陽光和雲朵手持電筒或臉蒙絲巾，像野孩子四處亂闖，毫無拘束地在每個房間鑽來鑽去，相互追逐，扮演官兵捉強盜。還不時將臉蛋貼上窗玻璃，轉動著賊亮賊亮的眼珠子偵察窺探。雨水則溜著滑梯，盪起鞦韆，嘻嘻哈哈地從這面窗跳到那面窗，從這層樓跳到那層樓，甚至玩起驚險的高空彈跳。

而風最狡黠，不是脫光全身衣裳裝扮成隱形人，就是模仿影片中那些妖姬豔后，搔頭弄姿地滑開舞步。時而故作慵懶，時而亢奮躁動，試圖撩撥眾人心弦。明知自己五音不全，偏又愛現，無論什麼人從樹下走過，便得忍受那難聽的狗喉乞丐調。

整個冬天，樹屋裡盡是如幻似真的光影浮現，輕盈飄逸的羽絨翻飛，晶瑩剔透的水珠滴落，騰跳躍動的音符迴盪，卻始終沒留下什麼字跡和腳印。

落羽松滿臉沮喪，偷偷貼近我耳畔悄聲說，比較過所有季節，春天極容易讓人迷糊挑達，等到春天，管他誰進樹屋，只須把門窗統統關攏，任誰都難以脫逃。

嘻嘻！這大個子肯定比我胡塗健忘。

他全然忘記，每到春天那個季節，這棟大房子確實面貌一新，裡裡外外綠汪汪，可用以掩遮門窗的並非門板窗扇，細瞧不過是陸續張掛了翠綠色的絲綢窗簾。這樣的門禁，或許能阻擋某些光影，畢竟攔不住成群的雀鳥來搗蛋。

一旦鳥兒群聚，往往教人無從插嘴。牠們根本不懂有些話只能擱在肚子裡，有些話絕對不好說穿，尤其打情罵俏更需要做某些隱諱，卻偏偏多嘴饒舌，讓人聽著臉紅。

也就這樣，落羽松搭建的樹屋，在每個季節都會出現不同外觀，三花五色的過客，以及異樣風情。

——原載二〇一五年二月十七日《聯合報・副刊》

波光

1

水田裡映著粼粼波光，乍看只漾動黝黑與銀亮的紋理，很難辨別其他顏色。其實應該說，諸多色彩全教黑與白的波紋給遮掩隱藏了。

有如老師傅一刀一鑿仔細在堅實原木上雕鏤刻畫作品，呈現出單純色澤和繁複紋路，形貌酷似卻變化萬千。更像科技人花了很長時間才拼湊組合的長串密碼，絲毫不能大意，稍出差錯即無從解碼。

我每天刻意穿行幾條田間小路，運氣好便會欣賞到這些精采圖畫。尤其最近重讀沈從文《龍鳳藝術》，確實讓我對波光有了新的聯想。

我要形容的是，波光彷彿一針針徘徊縈繞的五彩繡線，正由專注的眼神目迎目送。不厭其煩地穿梭在錦緞絲綢上刺繡，逐一繡出亭台樓閣，繡出雲彩天光，繡出花鳥山川，繡出每個人想像中的風景，絕無錯針亂線。

可惜現代人大多失去耐心，習慣用科技手法去複製圖繪，沒幾個人肯接受長期熬煉，就少見如此扎實精湛的手藝。

連同這種介紹古典細緻織造錦繡工藝的書籍，都少人翻閱，更別說撰寫和出版。手中這本近三十年前由台灣印行的版本，封面裡外及版權頁沒有作者姓名，只在全書兩百多面內頁中一篇附錄信函露餡。

書裡插配七十幾幅圖片，應該是讀者最想仔細欣賞的內容，可惜大多模糊混沌，黑壓壓一團，無法清晰分辨圖案輪廓、線條，更遑論針法跟技巧之探討，一眼即可判斷這版本係經過複製來的。

幾回到大陸逛書店，希望買到印刷較精美的版本，結果逛遍大小書店，未能如願，最後只好將這算不上正版的舊書，繼續留存手邊。這回竟然權充鄉野水田波光的導覽指引，真是始料未及。

2

風一路吹口哨，間或哼著小曲，搖搖晃晃地走過來。手裡還搖動一把扇子，應和波光閃亮的節奏，頗像受到鼓舞煽惑。

風踮起腳尖凌波而行時，仿如搔人胳肢窩，逗人開心。水波從不隱藏其情緒起伏和走向，不隱瞞其愛恨情仇，或笑或哭，任風戲弄。

面對這般風景，我僅能把整片水田當作是寫滿滿的一大張樂譜，卻到處找不到有哪種樂器可以詮釋，打聽不到哪位歌手樂於演唱。若說這密碼並非難以破解，又該屬哪一種降伏妖魔鬼怪的符咒？

其實，誰都知道風是個沒有固定居所而處處為家的流浪漢，不輕易聽人說勸。他用力甩動披肩長髮，告訴所有人：「說我定性差也好，說我囉嗦也行，說我聒噪也罷，故事一旦起個頭，我無法中途停頓。我就是愛說愛唱愛哭愛笑。」

興許風故意透露某些心事讓波光知曉，往往卻說得太急，猶若上舞台繞口令或唱饒舌歌，始終很難讓人聽懂。他絕對明白什麼叫作平心靜氣，但通常要等很長一段時間才行。所以，似乎很少人能夠了解，風鎮日喋喋不休，究竟說些什麼？

若要找個比喻，倒像某些政治人物，盡說些連自己都懵懵懂懂的夢囈，且一再重複，自以為那是治國濟世的經典方劑。

風的行徑，水波最為熟悉。這也是每一次對方胡言亂語時，水波總是笑得最厲害的原因。風承認自己是酒鬼，我信；風說自己是瘋子，我信；風誇口說他是詩人，我信；風說他是畫家，我信；風說他是小說家，我信。應該也有很多人信。

而政治人物畢竟不是酒鬼，不是瘋子，怎麼可以像陣風那般風言風語唬弄小小百姓，成天畫大餅、念咒語，將某些事兒說得天花亂墜？

人一旦鑽牛角尖，最後必定唬住自己或嚇到自己。當我轉念往好處想，嘿！一大片粼粼波光，瞬間全變成了漫畫家筆下用來表達笑嘻嘻的表情紋路，嘴角上揚，可見連他們都忍俊不禁。

3

黃昏時刻，常有個老先生陪一個孩童各自騎輛腳踏車，一前一後循田邊農路經過。先背著落日，往平原東邊騎行，隔一兩個小時之後則回頭迎向晚霞餘暉，朝市區方向回去。

無論去程回程，天地空闊，水波模仿成群的頑皮孩童，立即拉開嗓門大聲歌唱，把披在水田身上那襲輕紗，奮力朝岸邊抖去，打出劈劈啪啪節拍，彷彿為那一老一小鼓掌打氣，又像是自顧自哼著小調，對他們說起俏皮話。

舞動個不停的水波說，我居住的水田沒門，沒窗，一向如此袒露，我勉強充當簾幕，稍事遮掩。我一直用這種扮相，作為水田面具，但絕非那種僵硬呆板或教人看了驚悚的樣貌，而是一種很多人可以反過來逗我笑，很多事可以惹我哭的形象。

嘿，每天黃昏從農路來回的一老一小，只要看到粼粼波光唱起歌兒，自言自語般地絮絮叨叨，他們總會停下車來，宛如知音般體己，傻愣地緊貼岸邊站立，或席地而坐，雙手環抱胸前，靜靜看著聽著，不言不語。

各自睜開眼睛掃描四野，一雙帶點血絲和霧濛的眼瞳，跟另一雙清澈亮麗的眼瞳。後者像極了相機鏡頭和屏幕，隨時閃爍著耀動的波光。

可惜，那眼前蕩漾的波光，既不曉得如何起頭朗讀，也不懂得精摘內文，甚至找個警句作話題，只顧重複說過的故事，唱過的小調，一般人恐怕很難領會其中奧妙。

老人說，如果讀書時翻閱到領會不出奧妙的詩文，勢必半途而廢，將書擱置一旁。而對這麼一幅類似水墨畫的黑白圖繪，雖無人落款用印、題詩詞，竟然捨不得丟棄，且玩索再三。為什麼？連他自己都不明白。

孩童有自己的想像，他直覺風在水波上來來去去，肯定具備難以計數的手指、腳趾，才可能持續地彈奏那麼多黑白琴鍵，使它們一口氣蹦出那麼多波紋。

4

平原的水田，全上了年紀，隨便屈指點數就傳承了好幾代人。他們眼見許多鄰居，被橫躺斜臥的道路霸占，被房舍樓群權充床鋪。

原以為雜草、福壽螺、化學肥料、除草劑及許多人丟棄的垃圾，一向是水田的殺手，誰料到近年來跟在這些散兵流寇踐踏之後，才是更可怕更凶惡狠毒的浩大陣仗。他們先傾倒一車車刨挖柏油路面而無處棄置的土石殘碴，接著傾倒改建房舍敲下來的建築廢棄物，碎磚塊、碎玻璃、水泥塊……

水田似乎摸透了人類住居模式，知道離開人路越遠，壽命越長；處境越顯孤單，反而越健康。

只要未被填進土石，砌上磚頭和水泥，風就來聽它說書，雨水就來潑水嬉鬧，白鷺鷥則來喝下午茶。

水田宛如緩緩地展開一軸長卷書畫，教人目不暇給。密密麻麻的詩詞，並非隨興吟哦便能入味，層層疊疊的山巒飛瀑，如果你不懂得仔細品讀，不管天地間有多少祕密盡在面前裸裎，你我照舊無從了悟。

詩詞裡有好多類似波光雲影，教人遐想的字句。其實，波光沒有雲影的詭譎多變，卻也是個不容易拆解的心事，看似沉穩依舊有數不清的情緒起伏。偶爾踟躕原地踏步，大多時候總是欣然向前奔馳。

雲影必須視藍天臉色行事，才好襯托顏面。波光卻很少搭理天色陰晴。那不止是拼布的明豔，不止是刺繡的華麗，還十足呈現了冶煉金屬那種傲人的莊重與典雅。只須裁剪小小一片樣本裝框，即足夠封存於美術館或博物館裡展示，逗人遐思。

所有的言說與書寫，在粼粼波光中竟然變成嘮叨多餘！

——原載二〇一五年三月二十五日《自由時報．副刊》

冷天的陽台

1

天冷自然會往身上添加衣服，天越冷加越多，出門散步立即感受到整個人變得肥胖笨拙。撐住腦袋的頸項和走動的兩條腿，不知不覺地被打上石膏安裝支架，十足一具任由懸絲傀儡師傅操弄的戲偶。

差不多要持續走動二三十分鐘，邊敲響鑼鼓熱場，邊開台扮仙，學老神仙揮舞拂塵架勢，大幅度擺動手臂，同時扭動身體邁開步伐，才勉強教所有筋骨覺醒，不再那麼僵硬，讓我能夠神志清明地讀書寫字。

我住家二樓有個東南向的大陽台，方便曬衣服之外，更是寒冬時節替代書房的好地方，而太陽似乎比我懂得享受它。當我持續扮演傀儡戲偶活動筋骨之際，它已經攀上陽台霸占地盤。

好在金燦燦的陽光畢竟有些肚量，不曾顯露煩躁或無奈，滿臉笑呵呵，並不反對誰來共同分享，一起度過美妙的時光。

不管是我的房子還是鄰居住宅，站這兒幾十年都不曾移動過。可房屋留下的影子卻當了太陽的仇敵，太陽打東邊來，影子就往西邊躲，冬天太陽偏南，所有房屋的陰影全曉得偏北閃去。

一旦我早起，總會逮到對面鄰居房舍把大腦袋瓜的陰影，趴在我陽台睡回籠覺。等我備妥書冊、筆記本和茶水，他們才在陽光驅趕下，緩慢地挪移腳步，心不甘情不願地細數著陽台地面的磁磚，一片兩片三片五片十片，緩慢地退到欄杆邊緣，再左磨蹭右磨蹭，才肯翻越欄杆，躍回地面。

2

只要天氣晴朗，不管溫度多低，陽光從不偷懶。

他習慣起個大早，活蹦亂跳，先翻過對面鄰居屋頂，無視於巷道間隔，直接爬上

陽光翻越對面鄰居的脊背和後腦勺，闖進我的陽台耍賴。

我二樓陽台，坐在椅子上等我起床。有時大概獨自久坐無聊，就蹲地面跟磁磚玩拼圖。沒有掌聲沒有獎狀獎品，它仍然認真專注地拼湊出各種我看不懂的圖案。

萬一遇到晾曬在竹竿上的衣衫阻攔，它便模仿跳高選手躍過竹竿，或偷偷摸摸地學那水底鱸鰻，由衣服下襬鑽進來。

我故意讓自己與翻開的書本處在陰影裡，免得頭昏眼花。然後伸出兩條腿，使力氣要光腳丫盡量撐開十個腳趾頭，曝露所有穴道和筋骨，好好接受幾個小時光照和熱敷。兩條腿隨即擔負測試氣溫和體溫的儀器，熱度由下往上，逐漸溫暖全身。

早先留在腳掌的傷痕，無論是朽木上鐵釘刺的，泥地裡碎玻璃割傷的，海灘貝殼劃破的，其他蟲豸蚊蚋叮螫的，早已被一雙又一雙軟硬不同的鞋墊給磨平。但陽光持有照妖鏡，一旦光腳丫攤在他面前，絲毫遮掩不了曾經有過的印記。

因此，光著腳丫比任何回憶都容易走回童年歲月。無論腳掌上的紋路，腳後跟的傷疤，腳趾上的厚繭，皆屬記憶之匣的通關密碼。

至於雲朵，他們從不掩飾自己的古怪行徑，不掩飾自己喜怒哀樂，更不會搭理我是否窺探注視，它們自由自在地在房舍屋頂，搶奪面積不大的天空。而整排屋頂依然忘我的坐禪，不吭不哈地接連打坐好幾個小時。

令我覺得可笑的，是對面房舍任憑陽光直曬後腦勺和背脊，竟然不懂得像我這樣不時地調轉身體角度，曬遍全身幾百萬個毛孔。

全家搬到這個市區外緣定居初期，三個孩子還小。他們用繩索在陽台上綁了一具鞦韆，放學回來或假日，輪流盪鞦韆，拿太陽月亮充當綵球戲弄，丟過來拋過去，成為他們必須溫習的一門功課。

在日常生活中，蚊子是我最討厭的小跟班。平日和朋友聚會，這些尖嘴跟班總是忠心耿耿地把我當密友黏膩，繞著耳畔嗯嗯嗡嗡地糾纏不休，攪得我心神不寧，每每逼得我翻臉揮手拍打。

冷天最大好處是少了蚊子，沒有蚊子對我而言等於天下太平。

每到午後，我會加件夾克，調整座椅朝向，仿照對面鄰居房舍坐禪入定的姿勢，將我脊背和後腦勺向著陽台外的亮光。整大片比上午柔和許多的光暈，係經由鄰居牆面反射映照過來，雖然少掉上半天陽光直射那般輝煌，那般充滿喜悅，依舊能夠提供我優游書頁字裡行間該有的勁道。

等天色陰沉下來，確定忙碌一整天的太陽已垂下眼瞼準備歇息，我便合上書冊。攀搭竹竿上，不時與陽光打情罵俏的衣衫、毛巾、床單，個個臉色酡紅，渾身散發酒氣，也朝亮光依依不捨地揮手道別。

這一切，統統是陽光所慷慨奉送，根本不必我花費心思去討好或掠奪。

3

我院子裡的櫻花樹，非常好奇。每年寒冬都會先將一頭濃密頭髮剃光，引人注意，然後再戴上一頂扎滿繁花的頭套探進我陽台。

我猜，他是想知道我讀些什麼寫些什麼。

我乾脆出聲朗讀，那些層層豔紅的複瓣花朵，用紅通通臉蛋對著我，有時則不停地眨呀眨地眨動眼瞼，逗得我直想打盹。偶爾他們還忘掉該有的禮貌，竟然頑皮地起鬨喧鬧，把細碎的花瓣撒在我身上，撒到書頁裡，再撒落一地。

曾經有朋友站在樹下告訴我說，他每次來訪都聞到一股淡淡清香。我鼻子向來不靈光，未敢附和，只能盡量用眼睛欣賞一樹的古靈精怪，去彌補缺憾。

我房子位於無尾巷末端，平日除了郵差與附近的貓狗，幾乎少見陌生人會走到巷底。偶有男女不知是誤闖，抑或另有企圖，總會邊走邊東張西望，卻從沒發現陽台上的我。我朝下看，目光即刻鎖定那人頭頂的白色芒花叢或那片地中海，因為不時地擺動腦袋，而微微地掀起波浪。

天再冷，只要陽光露臉，免不了有鳥兒飛來湊熱鬧，朝著窩在懶人椅的那個我，吵個不停。

微風躡手躡腳地，完全是宵小行徑，可還是教晾曬衣架上的衣衫察覺，逮個正著。陽光也許在陽台地面躺久了，擔心骨頭變得僵硬，經常往左往右翻滾。還與微風不停地交頭接耳，卻不讓我聽見他們說了哪些話語。

通常太陽會與衣衫共謀，拿陽台充作舞台，聯手搬演皮影戲。如果，有厚重的衣衫偷懶不作為，甚至故意阻攔時，太陽便巴住布料上的皺摺，改用色筆塗繪。

當然，他們有時候也會調皮地玩起躲貓貓，要陽光時隱時現。等大家玩得疲累，才把天空丟給陰雨掌管。

我帶書本筆記離開陽台，等待著第二天陽光爬過對面鄰居的後腦勺。

4

每天清晨，我非常清楚陽光探頭的第一眼，肯定是想了解我有無更換新書冊，或是照舊帶著前幾天讀了又讀的那一本。

這時，我故意翻開大半頁面，將封面封底朝裡捲握，逗弄他們。他們不服輸，乾脆使勁翻越欄杆，像前一天那樣闖入陽台，抓住我手掌及我的光腳丫，搬弄搔癢，又掐又捏。

據我揣測，陽光根本不認識書中的李白、杜甫，不認識吳承恩、施耐庵、羅貫中、張潮，也不認識沈從文、川端康成、波赫士、馬奎斯。所以探頭探腦，睜著賊亮眼珠子往我書頁裡鑽，不過是同我一個樣，好奇吧！

若做比較，他們似乎偏愛花花綠綠的畫冊。會認真地臨摹梵谷的自畫像、麥田和原野，或搬來高更畫作中的大溪地豔陽，甚至興致盎然地抄襲畢卡索，把某些變形塗鴉式的線條與色塊，畫得遍地都是。

我踏進陽台，身邊除了帶書冊紙筆，還順手端杯熱開水放置桌上，看著它騰升近乎透亮的輕煙。我曾想過，如果換杯熱咖啡或熱茶呢？應當更為浪漫。但必須防備那一股衝進腦門的芳香，迅速變成一束捆綁心思的繩索，屆時肯定劫持我閱讀思考的專注。

我睡眠品質極差，真要喝咖啡喝熱茶也只敢在上午沖泡。有一回，我把孩子留下的洋酒帶上陽台，試著讓不冒煙卻蘊藏熱勁的液體，與書冊那些扣人心弦的情節呼應，陪我度過午後時光。

未料，琥珀色的洋酒潛伏著過動的精靈，很快鑽進我血管裡東奔西闖，就是不許書頁裡的字句一塊兒分享。

經過嘗試，覺得還是白開水最適合。那裊裊舞動而後消逝的輕煙，隨時都能幻化成觔斗雲，載我四處遨遊。當然，我心中難免奢想，說不定某一瞬間會突然蹦出個巨人，畢恭畢敬地站在面前，說是聽候我吩咐差遣。

附近幾條巷子幾十戶人家，原本都屬雙併或獨棟的兩層住宅，剛建好時兩棟房屋中間至少各自保留一公尺間距，二樓則各有一座陽台，寬敞地容許綁上鞦韆，面積小些也夠擺放一兩張搖椅。

可惜住沒幾年，你學我我學你，先後將屋牆之間那兩公尺間隔，用鐵皮或半透明塑膠板框進室內；二樓陽台則加裝窗戶圍成房間。把風把雨把陽光把月亮統統驅逐出境，僅讓電視機的螢光穿透窗玻璃或塑膠板不斷地朝外閃爍。

絕大多數陽台被房間併吞之後，太陽改採探監面會方式，隔著一層鐵欄杆一層紗窗一層窗玻璃再一層窗簾，試著朝裡窺探，結果總是悵然失措，似乎不知道要拿什麼詞句，才好與屋主人對話。

我倒是希望，鄰居們若是留意到這凍手凍腳的冷天，我照樣能夠上陽台和太陽勾肩搭背，照樣逍遙自在，說不定會讓他們考慮將兩棟房屋間的空間恢復，把二樓陽台還給陽台。

從今而後，不管天有多冷，幾條巷子的住戶就可以跟著陽光到陽台看書寫字，喝茶下棋聽音樂，或滑手機摳腳丫，要不然伸出冰冷僵硬得像死雞爪的手指及腳趾，任太陽按摩個痛快。

——原載二〇一七年四月十七日《聯合報・副刊》

自己的影像

1

最近一趟北京之行，被引導參觀中國現代文學館。讓我在裡頭遇見老舍、沈從文、曹禺、冰心、巴金、茅盾……等諸多老一輩的作家。

在同個園區的魯迅文學院，還看到托爾斯泰、契訶夫、泰戈爾、高爾基幾位大師，貼著中庭走廊來回踱步。他們早已擱筆不寫了，但從各自臉上和眼睛裡的神采，仍不難窺見每個人思緒依舊運轉，不曾停歇。

我邊走邊盯著他們年輕、壯年或老年的容貌，按圖索驥去追憶他們留下的經典作品，重新陶醉在那些字句與情節之間。恍恍惚惚，也沒看清楚是當中哪位前輩，好意貼近我身旁，悄聲說：「作家必須持續不停地思考，持續不停地創作，才算真正活著！」

現代文學館分ＡＢＣ三棟，建築格局寬敞氣派。其中一棟文學館大廳，豎立了一根巨大的通天柱，柱體採內部發光形式，透視遍布柱體上的幾百位作家頭像。似乎只要通過此一通天柱，即能迅速騰升，抵達敻遠遼闊的穹蒼，撒播成一顆顆晶燦閃亮的星球。

我取出相機，站在通天柱前面，請友人幫我攝影留念。朋友俐落地按下快門後檢視螢幕，才警覺柱體過於明亮，導致站立柱前的我背著光，整個人變成一幅墨黑的剪影。

他說根據以往攝影經驗，應該把相機調成強制閃光，或者是拍照時先將第一道快門鎖定我臉上，再行全景拍攝，效果肯定好些。

我卻認為攝得的畫面滿好，相當傳神，沒必要重拍。我同時告訴朋友，在那麼多前輩作家面前，我不過是個普通讀者，頂多列入還算勤快的寫作愛好者而已，面目不清影像模糊，本就是精準的寫照。這也是我目前竭盡所能找尋得到的自己。

除開當下，我能從自己身上尋找些什麼呢？我想了又想，許久都沒能找到答案。

2

早年住鄉下，幾乎沒有機會照相，更不容易瞧見別人拿相機拍照。

我小時候成長的地方，住家對街正是鄉公所廣場，每年元旦前後，都會掀起小小騷動，那便是鄉公所員工一年一度拍攝團體照的場景，吸引許多大人小孩圍觀。

在騎著腳踏車從宜蘭街來的照相師尚未抵達之前，工友先從辦公廳搬出幾張靠背椅，好讓鄉長及課室主管坐第一排。

接著又從會議室搬來長條木凳，擺在這排靠背椅後方大約一隻手臂長的距離，留出空隙容納另一排人能夠緊挨主管後面站立。最後不管個子高矮胖瘦，則一律站上長條木凳，這些員工職等較低，每年大概僅有這個機會站得高人一等。這種階梯式安排，使大家誰也不會擋住誰。

等照相師在眾人面前架好木盒子照相機，立即把雙手跟腦袋鑽進蒙住相機的黑布兜裡，宛如變魔術那樣窸窸窣窣摸索一陣子，再鑽出來把腦袋歪斜一邊，朝每個員工掃描。然後走到他們面前，個別對某一位坐姿、站立角度做調整，要求某人的頭臉應

中國現代文學館有根通天柱映現數百位作家頭像，跟他們合照卻變成墨黑的剪影。

該往左偏往右偏，某人則要稍稍抬起頭或收下巴。

折騰半天，才從相機中抽出一個保護玻璃底片的木篋，宣布要正式開拍。叮囑大家朝著他看，暫時屏息不要動。正當所有人乖乖聽話，板起面孔憋住氣那一刻，照相師傅突然變更花樣，哄著大家要微微揚起嘴角笑一個、再笑一個。由他利用全體員工似笑非笑瞬間，出其不意地捏扁從相機垂下的那顆橄欖形橡膠球，啟動快門。

結果，全場能夠笑得出來甚至笑得嘻嘻哈哈的，只有圍在照相師後面這群大人和孩子。服裝整齊而被攝入鏡頭的鄉公所員工，反而個個形同自家神桌供奉的柴頭尪仔，僵在那兒，沒有人露出笑容。

此一剎那捕捉的影像，大約一個星期後被印成一張張布紋相紙。鄉公所員工每人一張，還按歷年慣例，把其中一張特別放大且裝妥玻璃鏡框，掛上會議室牆壁。

我們這批曾經在拍照現場圍觀的小毛頭，總要設法在相片上牆當天傍晚，等候工友伯伯搖過下班銅鐘，衝進會議室去欣賞那剛出爐的大合照。

孩子們並非欣賞相片中哪個人上相，主要是搜尋自己身影是否被照相師傅不小心攝入鏡頭。

一旦發現照相師傅不可能出現如此失誤之後，開始轉移目標，去搜尋建設課那個負責閹牛的獸醫，有沒有露出滿嘴金光閃閃的牙齒；主計先生是不是照樣瞪著那雙鬥雞眼。

孩子眼尖，一眼瞧出滿頭白髮的民政課長「白毛仔」，竟然瞇起眼睛想打瞌睡；另外，站第二排最左邊的辦事員，費大把勁擠進相片，下半截身子卻教前排人事管理員擋住，他便把八字腳中的右腳掌伸到外頭，放任大腳趾從布鞋尖端探出頭來透氣。

工友伯伯掃完地，看我們仰起頭對新上牆的照片評頭論足，過來問大家找誰？結果，每個孩子都用手指向身邊童伴，嚷道：「找他啦，他在找他啦！」

老人家笑著搖搖頭，叮嚀大家趕快回家吃晚飯。

我們確實沒有欺騙工友伯伯，每個人真的都在找尋自己。發現照相師傅並未將自己拍進去之後，甚至連照片地面可能是樹影或前一夜雨水留下的一抹黑灰色跡痕，全攔著搶，說那是自己的身影。

3

還在學校當一名藝術系學生時，班上個個是青春小伙子，理所當然不曾去想到自己腦袋瓜、肝膽腸胃和渾身骨架，會有什麼古怪。

幾堂粗淺的解剖學，僅僅留意舉手投足仰首哈腰等動作轉換，骨架及關節變化的角度與位置。上課學習等於走馬看花，不如透視學、色彩學那麼認真去思考。

直到某一天，綽號叫「布拉克」的同學，從學校後山墳場抱回來一個骷髏頭，大伙兒才驚覺，那正是解剖學書中解說圖所描繪的，一顆如假包換的人類頭殼。

布拉克找來幾張舊報紙鋪地，把這顆骷髏頭視同骨董般，用牙刷牙籤仔細清理掉眼窩、耳窩、鼻腔及頭蓋骨裡外的黃泥苔垢，再捧到蓄水池邊舀清水沖洗擦拭後，偷偷擱在校園樹叢中，晾乾後權充私人收藏。

每逢假日，只要教授和助教都不在美術館，布拉克便會把畫室陳列的維納斯石膏像，從畫櫃搬下來擱置一旁，再以那顆帶點黃斑的灰白骷髏頭替代石膏像，吆喝同學一起畫素描。

想當年，同學們個個年輕氣盛，從頭到腳形同一團熾熱火球，任何骷髏頭碰到這種腦袋瓜少了根筋的莽撞小子，大概都得退讓個三分。

布拉克曾經把骷髏頭舉到同學面前說：「你們仔細瞧瞧，這失去下巴頦的笑臉，比所有人的笑容都開心，真是笑掉下巴，比起任何西洋石膏像親切。生前若是女人，搞不好比維納斯美麗；哼，要是男人，說不定和米開朗基羅雕塑的大衛一樣帥氣。」

他還告訴忐忑不安的女同學說：「沒什麼好怕，將來我們每個人，全會變成這個樣子，你把它看成一尊石膏像、一枚蠟果就自在了。」

大家只好自我安慰，畫那骷髏頭跟畫一隻茶壺，或請個無名氏來充當模特兒差不多，我們一筆一畫專注地描繪就是禮敬。根本忽略事關天地倫常，死者為大的道理。

正常上課期間，布拉克會拿一條備用桌巾包裹骷髏頭，將他與其他閒置的器材，一起塞進畫櫃。如此平安無事地過了整個學期。

新學期開學，助教想找塊桌巾替換，逐一打開畫櫃翻找。當他拉出裹住骷髏頭那條桌巾瞬間，骷髏頭緊跟著咯噔咯噔地滾落地面，所幸離地近沒摔碎，卻令整個教室的師生都像挨了定身法，不知所措地呆愣許久。

教授要布拉克寫悔過書，還得把骷髏頭捧回墳場，物歸原主。同學塞錢給布拉克，要他多買點香燭、紙錢。

他不改戲謔本性，回頭問了一句：「要不要弄條彩帶，寫明——弟子某某學校某某屆藝術系全體學生敬獻？」

骷髏頭送回山上墳場之後，班上同學一旦畫起人物畫，常有人不自覺地用手摸摸自己腦勺，摸摸額頭及顴骨，上下左右開合擺動下巴頦。

偶爾也會有人跑到美術館的落地鏡前，審視自己顏面五官，彷彿要重新確認自己的長相。

4

六七歲的時候，半天課放學回家，常蹲在地上看著坐小板凳的外婆縫補衣服。外婆總說我是男生不必學，出去玩吧！

有一次，外婆沒趕我出去，反而停下針線活，把老花眼鏡取下來擱在竹籃裡，然後睜大眼睛朝我瞧。我以為放學途中臉上沾到泥巴，趕緊用手掌抹了兩圈。

結果，外婆說，我的方臉符合老祖宗說的「頭大面四方，肚大是財王」，長大後會中狀元做宰相，如果開錢莊銀樓便賺大錢，所以必須認真讀書。

我臉頰兩側顎骨，似乎比其他雞蛋臉的孩子突出些，可肚子並未特別鼓出來。早年小娃兒挺個大肚子，許多是消化不良脹氣，更多是長了滿肚子蛔蟲。老人家說，那和面相無關。

讀中學後知道翻查辭典，辭典告訴我，人類圓顱方趾。便覺得我這方臉，豈不怪異。後來想到村人賭博的骰子是方的，蓋房子的磚頭是方的，裝東西的木櫃、紙箱是方的。人的頭臉當然可以是方的，也就心安理得了。

年輕孩子對自己長相，大多沒信心。曾經聽過同學吵架互相叫罵，一個說你頭殼尖尖，像蛇那樣狡猾，專門鑽隙縫，巴結老師；另一個回敬，你長四角頭面，大概只能砍下來當磚頭砌牆關犯人。我聽了暗中竊喜，嘿，蛇人人怕，磚頭卻管用哩！可見人類經常胡言亂語，字典辭書畢竟是人寫的，不一定準確牢靠。我告訴自己，還是多用些想像吧！想像可以無遠弗屆，可以天高地闊。

等我懂得一些事理之後，才發覺天地間有太多事情根本無從想像，要尋找一個能夠像自己，足以完全替代自己的我，並不容易。

每在書房寫作或外出搭車，往往不由自主地盯住書櫃或車窗玻璃，看看玻璃所映照出的影子，無論模糊或清晰，我都鄭重提醒對方，不要把自己佯裝成沒事人，從閃爍的眼神，我一下子就猜到你是誰。

玻璃上的影子通常沉默不語，但瞪他太久總會招惹對方不耐煩。這時他即正色地反詰，你不認識我嗎？我沒回話，他便將喉結上下兜著，自言自語叨念，其實有很多時候，我也發覺自己像個認不得的陌生人。

影像每因為書冊脊背折光強弱，車輛行駛前後左右晃動，而扭曲變形，一忽兒鼻頭大眼睛小，一忽兒鼻孔朝天嘴巴特大，外加一對老鼠耳朵。變成耍寶的小丑。

原來，世界上不單好人壞人之分，還有天才、瘋子、小丑、呆子，甚至弄不清楚自己應該歸屬哪一國。只是無論哪一種人，通常要先忘掉自己是誰，始能苦中作樂。我們何妨學學！

鄉下孩子很少留下年少時的寫真影像，原本純真的記憶斑剝泛黃之後，模糊的印象中還摻雜著老一輩的故事，無論好壞皆被攬為己有。

那麼，日常生活裡往往被自己遺忘的那個我，該到哪兒去搜尋呢？我真的茫然。

——原載二〇一六年一月十一日《聯合報・副刊》

卷三

永遠是我的城鎮

近年來，無論寫小說寫散文，都寫了不少宜蘭平原的人事地物。尤其是這三年出版的散文集《我的平原》、《山海都到面前來》，及短篇小說集《三角潭的水鬼》，書寫內容和故事場景，也大多纏繞著台灣這個東北海隅。連機關學校找我上課，都希望我能偏重在地書寫經驗。

我在宜蘭出生，宜蘭也是我幼年、少年時期成長的地方。除了十八歲以後有十四年在外求學工作外，大半輩子就窩在這裡生活。無論平野、山澗或海域有無人煙的角落，都嘗試著去踩踏尋訪，耳聞目睹全是我源源不絕的創作素材。

寫作朋友聽了，幫我總結說，原來我的創作生活早已連結地氣，且不曾剪斷臍帶。

接地氣這個詞，早先用在醫學方面探討，近些年不少人談文學創作，也強調不能忽略接地氣。認為創作允許天馬行空移山倒海，毫無疆界框限，但若是能夠接地氣，肯定與人親切，溫馨感人。

這種説法，教我想起小時候。那個年代，整座海島還被遠處動盪的戰火硝煙所籠罩，住家對面的鄉公所廣場東側和部分農家竹圍下，相繼挖了許多防空壕，讓人一聽到空襲警報即可就地避難。

土壕溝寬約一米，深一米多，挖出的土方沿壕溝兩旁堆成堤岸，等於把壕溝深度增加到兩米左右。在農家竹圍的壕溝，由竹叢掩遮；鄉公所廣場那兩三處，則順著七八棵老柳樹腳跟穿梭。於是左岸柳樹垂下柳條伸到右岸，右岸柳樹也做了同樣的回報。

壕溝壁面，密布竹叢和柳樹根系，它們像害怕遭人遺棄那樣拚命地張開手掌和腳趾，緊緊地抓住每一寸泥土，甚至大小石頭。

這些壕溝也是孩童們放學後戲耍和捉迷藏的處所。酷暑天氣，有些大人打著赤膊，在褲腰插把竹篾編的八角扇，肩頭扛來一張長條椅，便把防空壕充當避暑勝地。怕蚊蠅侵擾的，會順手抓幾株曬乾的蚊仔煙草，在風頭處點燃。

平野的竹圍已經越來越少。

大家天天從壕溝裡爬上爬下，打柳樹間盪過來盪過去，縱使毛毛蟲趴在身上充當刺青師傅也不太在意。心底當然明白這柳樹和竹叢不是我們這群小蘿蔔頭栽種的，卻總覺得每棵柳樹每根竹子扎進泥地的根系，正是長在自己身上的腳掌腳趾頭。

有了這些直接跟泥地深處緊握的手指腳趾，豈止接了地氣。

過幾年，防空壕逐一被填平，失去這些壕溝卻讓我們這群成長中的孩童腳步跨得更大更遠，先是村北古公廟和宜蘭河，村南開漳聖王廟和大排水溝，再是東邊的大海，西邊的舊城市街，和更遠的群山。

我喜歡看人家到廟裡拜拜求籤，聽老人家聚一伙講故事，看戲班子演戲，跟著膽大的孩子下溪溝摸蜆。兩條腿越走越遠，甚至跑去看出殯隊伍，如何驚險費勁地扛著沉重的棺材，走過小火車鐵路橋。還去看載客的汽車，如何吱吱喀喀地駛過纜索吊掛的木橋。

再大一些，開始光明正大跟著朋友或鄰居遠征其他村莊吃拜拜，去海邊看人牽罟，跑到市街看商家攤販。

我的孩子一樣幸運，高中畢業以前天天跟著我們，住在他們出生成長的鄉鎮，搬過兩次家，距離都在兩三公里範圍；但我的孫子就沒這樣的福氣，無論幼稚園、小學都要換好幾所。以讀國中的孫女為例，她出生時我兒子和媳婦住在中壢，留她在宜蘭讀完幼稚園小班才回中壢讀中班，剛要進大班，兒子到新竹買了房子，等她在新竹讀完小二，全家又遷居新加坡。

我很想問她哪裡人？我猜她一定回答自己是台灣人。接下去，自己究竟算宜蘭人、桃園人、新竹人，這樣的問題肯定為難她。正如進一步問她，有沒有熟識要好的童伴，或印象深刻且特別喜歡的哪個城鎮、哪棟房子、哪條街、哪棵樹，恐怕會把她逗弄得團團轉，想個半天還不一定找到答案。所以我一直沒開口。

現代人憑應徵或考試謀職，動輒搬家轉學已不希奇，我住的鄉下村鎮也免不了隨著人口遷移而動盪不已。尤其高速公路闢建，拉近台北大都會的距離，更吸引許多有錢人來搶蓋豪華農舍，一畦畦稻田菜園全教鋼筋水泥填平覆蓋，哪來地氣？

自己年輕時走過的腳印，全像細碎的土石，被深埋在柏油路或房舍底下，村莊田園被切割，蜿蜒有致的流水被拉得僵直，攀爬乘涼的樹木遭砍伐……一件件熟悉景物遭覆蓋移除。這一切，亟待眾人重啟記憶去修補。

文學創作寫的正是不同的人生閱歷和設想。成長過程與身處的城鎮，正是創作取材蘊藏最豐富的礦山。

在山海環伺原本翠綠的田野，有我永遠挖掘不盡的礦脈。只要我繼續寫它，任誰去填平稻田溝渠，任誰去蓋豪華農舍，鋪再多的道路，砍除再多樹木竹圍，我還是能夠從記憶中去填補存真。

如果，我和同好們偷懶，不去採集，不把它寫下，恐怕不需任何人入侵，都將被取代，甚至消逝無蹤。我堅信，只要持續寫它，縱使面對的已經是不斷被塗抹改變面貌的城鎮，我照樣可以隨時進入過去那真實存在過的城鎮，時空攔不住我無礙地來去。

常有人說，人要勇於跟過去告別。我則想，若真讓過去跟自己告別，結果過去沒了，眼前又是轉瞬即逝，未來的未來，那我還握有什麼呢？

所以縱使過去是一大串包袱，我也不輕易丟棄它。這正是我喜歡寫作的原因。我樂於把一些即將被遺忘丟失的過去，鋪排在字句或書頁間。

儘管我的家鄉越來越像你的或他的城鎮，越來越像許多陌生人生活之城鎮。我依舊相信，其間仍有很多情味很多故事，只屬於和我一樣念舊的人。

同一座城鎮在每個人的記憶中，畢竟還是可以有滿大的區別。

——原載二〇一五年十二月一日《皇冠雜誌》第七四二期

神仙隱居的村落

陽光雲霧來耍賴

宜蘭平原西側，有個地下湧泉蓄積的湖泊，大半邊扒住蜿蜒有致的山腳，另一邊由堤岸攔住，避免湖水溢出。湖面寬廣，大到可以駛快艇賽龍船，且湖水清澈，盛產魚蝦螺蜆，無論天氣陰晴，都映漾著山光水色，多采多姿。

這湖曾經叫金大安埤，因為面積不小，用埤稱呼似乎委屈它，人們就直接稱大湖。一度被叫過天鵝湖，主要是從山上俯瞰或攤開地圖看它，湖域輪廓像展翅天鵝，湖裡又養過天鵝。

我說的神仙居處，包括這個湖早年極少攙和人工施作的原始面貌，迄今仍然留存很多人記憶中那一部分。而目前依舊美麗耐看，當數湖泊所在的村落——逸仙村。整個村地理環境，確實像極了神仙隱居之處。

現代人習於科技研發，喜歡追根究底，若用這種精神去探討，自古以來還沒聽說過哪個神仙到逸仙村隱居。倒是野地裡住著許多仙鶴般的白鷺鷥，連田間走動的農夫都酷似謫仙下凡。

不管農忙農閒，不管季節更迭，這些謫仙個個從容自在，閒散隨興，教人一眼即能分辨專屬於鄉下人才具備的特質。

「既然是淳樸鄉下人，哪來靈感和智慧把自家村落取這麼詩意雅致的名字？」這是二十幾年前，我第一次經過村子時，腦袋裡閃出的疑問句。

走進三山國王廟廣場，瞧見一位滿頭白髮的老先生，盤腿趺坐台階頂層，邊曬太陽邊瞇著眼睛打盹。我趨前討教，老先生睜開褪掉顏色且夾帶血絲的眼瞳，盯住我這個外來客。看了又看，打量好一陣子才慢條斯理地回過神，正經八百地反問我：「你沒發現已經遇到神仙了嗎？」

然後，自顧自地笑開來，笑得東倒西歪，隨即被一口痰嗆住，最後連眼淚鼻涕全咳出來。

我不死心，把整個村子兜繞一圈，爬上大湖頭頂的貢仔子湖山，那個相傳是兩百年前三王公大顯神威的山陵。當年三王公就此勒馬，滿臉塗抹赭紅色泥巴，面對群山大吼：「我三王獨山從唐山跨海來定居，誰敢下山胡亂殺人，我先砍掉他頭殼當坐凳！多幾個，就作燭台。」果然遏阻了深山住民翻山進入村落「出草」。

而今，我沒拿山泥塗臉，不必舞刀弄棍去嚇唬誰，便能巡遊同一道山稜線，朝每個方向瀏覽湖域和村莊，還擴及大半片平原，地勢由高而低推展開去。

近處田野零星分布著房舍，再遠去則人車交錯，接著房舍仿如大小石塊密集堆疊，一大群樓房互不相讓地比誰高誰矮。直到更遠處，山影消失於視野兩端，始將剩餘疆界交由大海接手。

太平洋盛氣凌人，像巨人那樣四仰八叉地躺臥平原面前，攔住田地房舍與所有人車去路。

除開山巒湖泊，平野裡總算保留一些水田，鏡子般倒映起天光雲影，橫豎線條畫成田埂和農路，把全部鏡片分隔又拼湊出許多區塊。難不成村人已經曉得，想來隱居的神仙跟孩童一樣，喜歡玩跳房子遊戲？

左下角湖域便是一隻展翅的天鵝。

湖裡盛產魚蝦螺蜆。

房舍星散或群聚，樣式格局頗類似，使我無法辨別逸仙村範圍究竟到哪兒，鄰接它的湖北村湖東村又在哪個位置。也罷，無法精確歸屬疆界，反而讓誰都無所遁逃。

這個時刻，想耍耍賴的，不僅僅太陽、雲霧、雨水、樹木、農作，放眼望去，整個大地和天空都懶洋洋的，似醒猶夢。

包括我，這個想找神仙聊聊天做做朋友的過客。

撿個雅致的村名

生來好奇，自然對某些事格外積極。我隔天就跑鄉公所去找答案，請資深課長為我說故事。

他說，早年大家要為湖邊幾個村莊取名字時，缺少精細地圖可供推敲，僅利用會議簡報用的黑板塗塗畫畫。祕書先拿起粉筆，在黑板中央畫了一粒帶殼花生輪廓，且讓花生橫躺代表大湖，然後指著黑板上方，說那是北邊。

地標及方向感有了，可盤踞每個主管腦袋盡是些兜圈子團團轉的無頭蒼蠅。一支支香菸屁股燒痛指頭，一杯杯茶水撐脹膀胱，照樣沒人能擠出靈感，幫大湖上下左右幾個村莊，覓得穩妥吉祥的名字。

無論頭頂長著白髮黑髮，甚至早已謝頂，都忍不住要張開五爪金龍或十隻爪子全員出動，朝腦袋瓜狠抓幾下。眼看整間辦公廳變成製造霜仔枝的冷凍廠，官大官小統統僵在一塊吐納煙霧，實在懊惱。

也不知道傻愣呆癡了多久，才看到從日據時期便在鄉公所上班的老課長率先發難，慷慨就義般地走向黑板，拿起粉筆把帶殼花生上方塗畫斜線，說這位置既然在大湖北邊，不妨叫它湖北村吧！

老先覺一個不妨，恰似醍醐灌頂，大家瞬間開竅，沒等老人家繼續說下去，即異口同聲喊著將帶殼花生東側叫湖東，西側叫湖西。至於黑板下方，那還用說，肯定是湖南村呀！

「喔，不！不，不行耶！」坐在主席台上的鄉長和祕書，彷彿屁股觸電，不約而同地從座位上起立，面露驚嚇地揮舞雙手，大聲叫嚷。

當然不行！在那個反共抗俄的年代，怎麼能夠拿毛澤東家鄉作我們村名？

何況湖南二字用國語或台語念出聲，跟唬爛沒兩樣。一個環境優美，整天安安靜靜，居民老老實實的村莊，若被叫成唬爛村，大人小孩出門被嘲笑：「你是唬爛的人」或「你是唬爛囡仔」，那多冤枉呀！

不行啦！說什麼也不能拿湖南作為村名。

「那叫什麼好呢？」大家面面相覷。老先覺趕緊搔搔頭，蹭蹬回自己座位。

當年全鄉公所好像還沒個大學畢業生，人人自覺讀書及見識皆有限，實在想不出更合適更響亮的村名。何況整個村莊擺明位於大湖南邊，一旦不叫湖南村，另外議定的湖東湖西湖北三個村名，豈不是得重新來過？

再說，既不能叫湖南村，那該取什麼村名才算穩當呀！成天坐慣辦公廳的人，畢竟沒法子在一時半刻變成掐指卜算的半仙，頂多學菜市場論斤計兩挑瘦嫌肥那般，七嘴八舌地議論開來。

於是什麼湖邊村啦，水仙村啦，水頭村水尾村啦，像大湖底下湧泉，陸續咕嘟咕嘟地冒出來。最後，學生時代公民課本教的忠孝仁愛信義和平禮義廉恥，四維八德一塊兒浮上檯面。還認為，若採用文化、復興、復國、建國、博愛，也不錯呀！

有人帶頭就會有人跟著拐彎，立刻從博愛兩個字，想到會議室牆壁釘掛了大張遺照的孫中山先生。

嗯，中山村不錯啊！尤其筆畫少容易寫，容易記。唉，可惜呀，這村名早被鄰近鄉鎮搶去，恐怕別地方也不乏其例。何況台灣到處中山堂、中山路、中山橋、中山公園，連鈔票都叫孫中山，雖是偉人名字，一旦頻繁使用，不敢說流俗卻極易混淆。

最後終於有人想起小學課本教過，孫中山先生有個別號叫逸仙。

一個山腳下的偏僻村落，竟然找到這麼雅致的名字，任誰都會拍手叫好。

外地人到此地，發現這個村名，腦筋不一定馬上連結偉大人物字號，倒不忘稱讚鄉下地方竟然懂得取這麼充滿學問，又與眼前景況如此貼切的村名，早年應該出過秀才舉人或進士，至少不乏能夠吟哦詩詞的書香門第。

其實，這村落和平原大多村里一樣，未曾出過名人，也沒聽說過哪位寫詩寫文章的住過這裡，或是誰寫過讚賞它的文章。

逸仙村距離宜蘭市區遠，居民藉由農路鄉道穿行，缺少通衢大道，甚至不勞紅綠燈或斑馬線執勤。拿偏僻形容，似乎滿貼切，還讓這山腳下的村莊，保住農村原始風貌及自然景致。

大嘴怪不長眼耳鼻

現代人好玩搜奇已成日常習性，動輒圈地為王，自我劃設「私密景點」。這個有山有水的逸仙村，照說隨時可能淪陷。

好在現代人另一項特徵，讓它倖免於難。

這項特徵，是無論年齡大小，一輩子都停留於週歲前的口腔期而未曾進化，宛若嬰兒必須依靠嘴巴去感覺貼近身體的事物。又像穴居叢林的野獸，邁出腳步專為獵食。

口腔期的遊客，一旦聽說某地販售餐飲，再偏僻的山巔海角荒郊野外，都會千方百計想方設法去飽食一頓，管它酸甜苦辣油膩腥臊，甚或淡而無味，只要有人喊好按讚，勢必招引一窩蜂鬥熱鬧。

許多網誌或旅遊書，圖文並茂地添油加醋，對幸福的關鍵詞，竟然像食譜——蒜味肉羹、麻醬麵、炸醬麵、牛肉麵、蛤蜊湯、蔥油餅、薑母鴨、魚丸米粉、鮮肉小籠包、雞湯雲吞、生猛海鮮、芋仔冰、蜜豆冰、仙草冰……一樣牛羊豬肉，一樣雞鴨鵝肉，一樣麵食，一樣冰品，搬個地方換個店名，任何阿貓阿狗跟隨按個讚，頓成美味。

每逢例假日，小小的宜蘭平原，設有飲食攤的大街小巷，立刻擠滿遊客。這些成群結隊的饕餮客與在地人最大區別是——不容易分辨饕餮客的五官輪廓，他們整張臉彷彿只長一口大嘴巴，其他眼睛、鼻子、耳朵皆已退化模糊，了無跡痕。據說他們一言一行，完全依賴網路遙控指揮，平常除了張大嘴巴頻舔舌頭，還會伸出油膩膩的指頭，在手機或平板電腦上拚命按讚。

至於鄉野景物，青草苦澀難進口，花朵秧苗稻禾飛鳥雲彩連同全部風景，統統吃不下肚子。因此，依賴口腔去感覺一切的人，當然不懂得也不屑看它聽它嗅聞它。

面對時代潮流趨勢這般凶猛，連神仙都不得不為逸仙村慶幸。慶幸它欠缺被點名上榜的類似餐飲，乏人按讚，自然免除張著鱷魚嘴巴的怪客現身。

有心到此一遊的，肯定偏愛自然風光，獨自或三兩同好徜徉於幽靜田野，理當容易和神仙不期而遇。說不定，還能夠找話題，跟住在湖邊的水仙王、三山國王、包青天、土地公等神明王公們，聊上幾句。

如果不想聊天，單想大開眼界，嘴巴便無關緊要，可千萬記得帶眼睛和耳朵。鄉下除了年節廟會響起鑼鼓鐃鈸戲曲管絃，平常日子卻安安靜靜，耳朵功能有限，但當你以雙眼拉開廣闊視野之後，在靜謐的天地間，需要捕捉那些似有似無、難以名狀的悄悄話，就要靠它。

這絕對是久居喧囂鬧市者無法想像的。即將面臨的諸多處境，包含來自草蟲嘶鳴或鳥兒啁啾，或輕風挑逗林木的話語，或雨水為泥地搔癢的聲響，倘若非要我形容，我大概只能偷偷地翻開字典，從內頁去抄襲字句，應該說它們皆屬天籟吧！

帶來眼睛和耳朵之外，理當加上鼻子，方便多呼吸翻過山脊吹過湖面而遊蕩田野的清風。最最要提醒的是，務必忘掉你那張嘴巴，免得曝露貪婪的舌頭。

從現在開始，每個人不妨學習獨處，坦誠地跟天地跟自己對話，享受眼睛耳朵鼻孔所見所聞。某些時候，設若能很快忘掉自己，那就與神仙隱居沒差別。

因為聽說住這兒的每個神仙，老是忘記自己是誰。

家譜冊頁攤曬陽光下

左看右看，前看後看，也許稻田，也許果園，也許是一叢香蕉，也許是兩棵芭樂，也許是水圳，也許是閘門，也許是水流時斷時續的小水溝，也許是幾隻鴨子，也許是偶爾相互追逐的野狗，也許是田埂，也許是一條被強行拉直的農路……

風景宛如一本遭人隨意丟棄的老舊畫冊，只有輕風才有耐心逐頁去掀開，讀它。

你我最好借輛腳踏車或機車代步，但不管騎乘什麼車輛，千萬記得經常停駐探看張望，腳踏實地去瞧個仔細。

冷不防，小路邊僵立一尊手搖泵浦，滿臉風霜，渾身被鐵鏽汁液浸泡過，連同水泥基座也難倖免。供使力汲水的木棍搖柄，禁不起風雨侵蝕戲弄已失去蹤影，僅剩兩顆螺絲釘堅守崗位。整座泵浦顯露蒼老模樣，頭髮稀疏、齒牙短缺、兩眼無神地靠著住家屋牆，盡量閃躲路人。

根據統計，宜蘭農田近十四年來，已經興建七千六百多幢漂亮農舍，換言之，稻田中每兩天就憑空豎立三幢新建房舍，擋住你眺望田野風光。而在這山腳下，因為地處偏遠才可能吸引神仙隱居的村莊，同樣劫數難逃。

尤其令人遺憾的是，這些花大錢蓋起漂亮房屋的富裕人家，竟然不曉得把整個天地四野占為己有，將它攬作自家庭院。偏偏小氣巴拉興築窩巢，用磚牆圍困自己與家人，甚至房子沒蓋好即趕忙砌起高聳圍牆，畫地自限。彷彿少掉圍牆或圍牆砌得矮，太陽月亮便會隨時闖空門，偷偷跑進庭院爬樹摘花，真夠滑稽。

我想這樣的人家，縱使再有錢有勢有雅興，恐怕也邀不動詩仙、酒仙、花仙、狐仙、半仙……願意到他們庭院品茗嗑瓜子，或胡天蓋地的閒聊吟唱。

幸好村裡還留存少數老舊宅第，住人與否照樣坦蕩蕩地，讓人能夠回顧過往歲月。

貼近湖邊數十公尺，聚落裡就有幾戶磚瓦房。部分老屋已然塌陷毀損，但門框上仍舊掛著老主人姓名的「家甲牌」。想那老主人搬去新家之後，對這棟低矮且已殘破的故居必定念念不忘，才刻意差遣分身日夜留守。

這老宅第真的年老體衰。廢墟牆柱剝落，瓦片鬆脫墜地，原本遮雨的屋簷，僅剩一排椽木像柄梳子，等待家人進出時幫忙梳理頭髮。部分橫梁已被歲月啃蝕截斷，牆上薄薄一層水泥敷面掉落後，裸露最早砌築的土墼。彷彿老主人的家譜冊頁，一頁頁被攤曬陽光下。

我在山上和田野繞了半天，似乎悟出點心得。原來，神仙不喜歡住高樓洋房，不逛夜市，更不愛四處奔波應酬，所以不必搭乘高鐵，不必走高速公路或直線鐵路，他們只需要一個安靜的角落。

這樣的角落，可以是一間破舊坍塌的老屋，幾棵高高低低的樹，一條搭著小橋的流水，一塊荒蕪野地或一方小池塘。既然神仙可以，人也可以呀！對不對？

啊，神仙或許跟人一樣，年紀大多少有健忘症狀，眼前映現的畫面，如果陳舊而略顯褪色泛黃，通常比較容易勾引那些自己曾經擁有過，而已經失去大半，或即將全部消失的記憶檔案。

相信誰都看過歲月流失的面貌。等到自身知所領悟，始明白時間比任何個人生命都要長久的事實，誰也神氣不來。我是誰有什麼關係？又會有誰在乎你？

此時此刻，姑且就把自己當成隱居的神仙吧！

——原載二〇一五年六月十五～十六日《聯合報．副刊》

寂寞的老祖宗

1

我搬離市區到郊外購屋時，附近全是大片稻田和菜園。放眼望去，天高地闊，其間只穿插幾戶老舊低矮的磚瓦房，這些零零散散分別被濃密竹圍圈住的人家，應該是農地主人或耕種者。

像我這樣沒有耕地，更不懂得操控犁耙鋤鏟，竟然跑到田野購屋定居，大概僅能藏身友朋間自詡是個準備退出職場而歸隱的布衣吧！

每天睜開眼睛，看到這一帶居民、耕牛、手拉車，循著狹窄石子路進進出出。缺少一條寬度能夠讓兩輛汽車錯車的道路，也無任何商家歇腳處，似乎不曾影響他們日常作息。

城市鬧區頭頂的天空，肯定明白什麼叫自我放逐，什麼叫歸隱田園，統統跑來此地敞開胸懷。專供這零星幾戶人家飼養的雞鴨鵝盡興啼叫，專供成群雀鳥和這家那家狗兒比賽歌喉，偶爾才攪拌孩童嬉鬧的聲音，以及分不清哪種禽畜的嘶鳴。

所有稻田會乖巧地跟著季節變臉。高興時，便高舉黃金稻穗載歌載舞，連太陽都被哄得像個醉漢，滿地打滾；可一旦脾氣爆發，任誰說勸皆當耳邊風，它們硬是呼朋喚友掀起白茫茫水波，將那些竹圍住家圍困成孤島。

好在大多時候，水田仿如一面大鏡子，倒映著藍天白雲，也教成群白鷺鷥充當覓食的餐廳和遊戲場。然後，才插播青綠秧苗，開始為大地鋪設綠油油的地毯。這種日子，大家習以為常，頗能自得其樂，先則傳出殼仔弦、竹笛、鑼鼓等聲響，接著是卡拉ＯＫ或電視裡的歌仔戲。活畫出聲色俱全的田園風光。

只要不下雨，每天黃昏我往宜蘭河邊散步，或騎上腳踏車伸入更偏遠鄉間。其他時間我頂自閉，喜歡單獨呆坐書房看看閒書寫點文稿。落地窗外種植花木的庭院，屬於另一塊天地，隨時都有陌生訪客不請自來，藏在高高低低的綠葉叢裡，吱吱喳喳地議論卻不肯現身，刻意閃避我搜尋；當然不乏霸氣十足的不速之客，一副地痞流氓扮相，盤踞樹上或站立樹下尖聲怪叫，甚至大喇喇地跑過來叩門敲窗。

其中，雀鳥、斑鳩、綠繡眼、八哥、黃鶺鴒、畫眉、白頭翁、青蛙、蜥蜴、癩蝦蟆，都算熟客。曾經有嬌小的芒噹丟仔未作事先徵詢，無視於我隨時會進出庭院，即在一株福祿桐茂密地葉叢間築巢育雛，招來野貓蹲踞窺伺。另一些朋友隱姓埋名，從不通報更少交談，像彼此早已心知肚明，說來就來，說走就走，免掉彼此牽掛。

夜鷺是晝伏夜出的劍俠，我們鄉下人叫牠暗光鳥。暗光鳥體形不小，照說不應該闖進狹小又有光照的庭院，牠卻連著幾天像巨人那樣大搖大擺地闖進小人國。

這隻暗光鳥身穿亮白襯衫外罩深黑色西裝，頭頂黑禮帽後沿還插了兩根羽飾，自以為是一尊出自大師精心雕鑿的藝術雕像，大白天依舊精神抖擻，昂首挺胸地佇立櫻花樹下的水池邊，故作紳士般地認真欣賞魚群優游。

我明白牠的企圖，快步走進庭院驅趕，牠便快步走在前頭作勢離開；我若放慢步伐，對方也不含糊地邁起外八字晃蕩著，十足一副你奈我何的無賴架勢。

如此日常作息，讓我足足享受了二十幾年安靜美好的歲月。

2

直到後來，一條條新闢道路像斧劈刀切那樣劃過田野，狠狠地把長年蓄積的安穩與清閒徹底割裂成碎片。

交通一旦便捷，周邊的稻田、菜園甚或荒野雜草地，無論面積大小，每一分每一寸土地彷彿染患了失心瘋，瞬間即化身為嫵媚精靈，不斷地朝向過路客拋媚眼。於是不消三兩下工夫，就遭有錢人夥同建築商蠶食鯨吞，運來一車車垃圾、石頭及碎磚塊填築地基，轟轟隆隆豎立起一棟棟樓房住宅。

那些長年窩居竹圍叢裡的磚瓦房舍，原本跟我一樣倚老賣老，不管天有多高地有多寬，整天搖頭晃腦地過著自在逍遙的歲月。從未料到，盡在一夕之間被迫衣不蔽體甚至光溜溜地裸裎示眾，再也無法遮掩渾身皺紋和疙瘩，還有那彎腰駝背的龍鍾老態。

鄰近我住處的最後一區稻田，任憑汙水濘滯荒廢了一段時日後，被填成高低不平的旱地，鄰人看它閒置，跑去墾拓幾畦菜圃，身邊間雜的野草叢，入冬還會幫忙裝飾幾束菅芒花，使生趣野趣皆備。但最終，還是由地主收回交給建商，開始興建連棟住宅和高樓，填土挖地、打樁夯實、釘模灌漿，每每塵埃四起，聲震屋瓦。

望市區方向，僅存的最後一座老竹圍，前些年因開闢道路而削去大片土地，沒想到剩餘部分同樣逃脫不了拆除命運。它在這一帶，算是堅持撐到最後才棄械投降的磚牆瓦屋，格外引人注目。

就在眾目睽睽之下，與客廳並肩抵擋風雨的左右廂房先行落跑，孤伶伶的客廳則遭怪手剷掉大半，不必玻璃天窗，不需要陽台，即可邀請星星月亮太陽進來做客。窗扉門扇開闔自如，卻被粗魯地拆卸，結實的檜木桌椅板凳及梁柱，一起出走。

客廳正面失去牆壁和門窗之後，換成好大一面免擦洗又通風的落地窗，與野草叢生的庭院連成一氣，螞蟻、蟋蟀、蜻蜓、麻雀、蜜蜂、蝴蝶，隨時穿梭遊逛，自由自在猶若進出私有領地。

類似房屋拆除工程，曾見殘留半截牆根半面屋頂尚未拆除並不希奇，畢竟工程持續進行中或因某樣手續未完備，大可暫時停頓。不同的是，這棟拆掉大半的老屋，絕非停下來喘口氣才讓四處長滿野草，反而更像遭人遺棄。

每回路過，吸引我視線投注焦點，是這戶人家的老祖宗似乎對舊有江山依依不捨。龕間木製牌位應該已經跟著子孫們撤離，可是從外觀看，香爐裡插著一根香菸，照明燈具、燭台齊備，早年憑恃磚牆所建造的碉堡崗哨照舊屹立。我瞧在眼裡，總覺得這戶人家的老祖宗仍然鎮守孤島而寸步未移。

3

坐在殘破客廳裡小小供桌上的老祖宗，面對如此開闊視野，初始可能有點不知所措。但老人家畢竟歷經生死而見多識廣，個個皆具深厚涵養，必定能夠處變不驚照舊正襟危坐，守住多年來住慣了的老宅第。

由野草沒脛的情景，不難猜測這寂寞的老祖宗當真委屈駐守，應有滿長一段時日，想必習慣過路客魯莽的眼神。

人世間，做好事得長時間修煉，做壞事只消一個轉念，輕易便能模仿甚至發明。我向那些陌生忘掉禮數的過路客學樣，立刻放膽背來照相機。

就在我舉起相機從各種角度取景的瞬間，耳畔霍然聽見來自供桌的一聲長嘆，接

這戶人家的祖宗牌位應該已經撤離，可供桌上香爐燈具燭台依舊齊備，彷彿老祖宗仍然鎮守舊居。

著說故事般地告訴我，他們每個人必須扳扳指頭才能數得清這兒住過幾輩人，各自眼看兒孫一個個呱呱墜地——誰滴溜著口水躺在泥地面翻滾，誰坐在尿濕的矮凳上傻笑；誰匍匐前進撿到小穀子小豆子小蟲子全往嘴裡塞，誰扶著牆壁站立表演金雞獨立；誰邁開雙腳跨過門檻從不觀前顧後，誰拔腿朝前奔跑。一切像透了附近七結仔福德廟旁那棵雀榕，再怎麼修剪，每年春天都要開枝散葉，朝東南西北四處伸展開去。

我換了幾個角度拍攝，發現原本該放桌椅和輕便農具而擁擠侷促的客廳，已經騰出空檔。留下如此空蕩的巢穴已夠孤單，教老人家怎麼捨得離去？老祖宗肯定忘不了他們經常掛在嘴邊那句話：「金窩銀窩抵不上自己狗窩呀！」

關鍵在，很多年輕人從小沒跟阿公阿嬤住一起，極少親近，甚至連阿公阿嬤名字叫什麼也弄不清楚。要他們經常想念承襲血緣的親人並不容易，又從何懷念一個老舊且陌生的居所？從何著手去翻修一個處處鬆脫殘破的房舍？

4

現今世代，誰都知道土地特別值錢，尤其是允許蓋大樓建別墅的土地。守著竹圍瓦厝，天天看老天爺臉色種稻種菜，不如趁早脫手賣個好價錢。

人們心眼中，說白了，無論相傳多少代老祖宗，到頭來仍然是塊陳舊的木板牌位，供哪兒都行。何況狹窄且窩藏白蟻和蟋蟀的舊瓦房，並非金磚銀塊砌築的窩，既擋不住風雨，又阻不了濕氣霉斑，只要太陽多照看幾眼，便可輕易地將它烘成烤箱。

搬家吧！等老人家傷透腦筋仍找不到其他藉口時，遲早總會答應。嘿，趕快翻翻農民曆，仔細挑個吉日良辰。有個農民曆當緩衝，給老老小小各自爭取一點喘氣隙縫。

一邊等待老祖宗搬遷，一邊拆掉半壁磚牆，半面屋脊斜背。等這棟舊居缺少窗扉門扇作為屏障時，星星雲朵月亮太陽搶著探頭，甚至爭先恐後地跑來聊天瞎扯；大風大雨當然不會放過它們自以為高人一等的才藝，施展起前空翻、後空翻、龍爪手、掃堂腿。

輪到我這個世代，越來越少人翻閱《農民曆》，它早被棄置一旁，諸多拿它「吉」「凶」「宜」「忌」「不取」「少取」「沖」「煞」作為藉口的因由，已懶得認真搭理，更別提網路科技掛帥的年輕世代。

看來寂寞的老祖宗終須明白，再也保不住過往那平靜安穩的日常，若不肯搬家，最終結局恐怕只能伴同瓦礫磚塊木屑雜物，一起住進垃圾場。

農田不見了，竹圍不見了，長著雜樹雜草的荒野地不見了，取而代之，統統是一條條巷弄街坊，一幢幢樓房商家，大小車輛日夜呼嘯奔竄。我們島上人口逐漸老化，多數城鎮居民數目未見增加，卻不停地冒出密密麻麻的房子和車子，把鄉間擠得跟市區毫無兩樣。

三十年前我所嚮往所憧憬所享有的鄉野景致，竟然形同一場騙局。

環境變遷、科技日新月異，人們思維越趨刁鑽古怪，這些對老祖宗而言，無異是層層疊疊的金鐘罩，可此罩並非內功練就，以抵擋外來侵犯；純然係由外力強加侷限的框套，迫使上了年紀的老人家再找不到透氣、伸展意願的孔洞。

如果欠缺足夠財力，換個新居所頂多屬鋼筋水泥建造的鴿舍式樓房，進出得搭電梯或爬樓梯。住處要不就讓別人踩在你頭頂，要不就踩在別人的天花板上，雙腳難得沾到泥巴。做人要頂天立地，肯定萬難！這對從小到老天天在地面蹦跳慢步的老祖宗而言，與牢獄何異。

看來，老舊磚瓦房老舊竹圍拆光之後，恐怕還是很難遇到不寂寞的老祖宗。

——原載二〇一七年六月十九日《聯合報・副刊》

雜貨店

1

小時候，祖母常帶著我回鄉下故居，那是我出生到四歲之間所住的大瓦厝。一趟來回，要在泥土摻雜大小石子的路上徒步走五六公里，幸好途中會經過兩家雜貨店，可供路人歇歇腳。

有這麼兩個休息站，把我們祖孫倆去程回程各一個多小時路途，裁切成三段，讓老小走來輕鬆不少。

到雜貨店買東西必須花錢，雖然能夠賒欠個一年半載，只把帳記上牆壁，可最終還得設法清償。但若僅僅路過，走累了想歇腳喘口氣，坐進店裡的長條木凳，順手倒杯茶水解渴，則不收分文。那茶水是店家大清早用桑葉或青草熬煮的，偶爾會加點冰糖，大多時候味極苦澀，喝下喉嚨卻清涼解渴。如果碰巧老闆閒著沒事幹，他也會倒杯茶水在手裡，主動陪客人聊天。

早年宜蘭鄉下雜貨店，不作興懸掛招牌。村人通常以店主人姓名、綽號或座落地點作為辨識，無論大人、小孩、警察、郵差都這麼辦。開設這兩家雜貨店的士紳，分別叫何金獅和游榮川，兩店相距約十幾二十分鐘腳程，房舍緊挨著不同的三岔路口及十字路口。

其中第一個休息站「何金獅雜貨店」，位於壯圍鄉農會倉庫區和古亭國小附近三岔路口，外觀是棟水泥磚造平房加蓋一層木造洋式閣樓，比一般民房更具姿色，前些年被影藝界相中，作為拍攝影片場景。播映時，常遭誤認係因劇情需要而刻意搭建的道具房子。

大家提起這間雜貨店，都說「何仔金獅那間店」，縱使它一度掛上「金吉利雜貨店」招牌，人們還是改求過來。我們鄉下人會連名帶姓叫一個人，還習慣於姓名之間添加個「仔」字，主要取其順口也能教人聽得明白，這裡當然不例外。

至於第二個休息站，村人稱它「游仔榮川那間店」，但普遍仍以「店仔川」叫得最響亮。似乎認同拿店仔川三個字，已足夠簡明扼要地標示出來，這間雜貨店是叫什麼川的人所開設。

鄉下雜貨店開始懸掛招牌，是向市區商家學的。市區商店喜歡在牆壁懸掛橫的豎的招牌，且刻意在牌匾炫耀自己是幾十年上百年老字號。鄉下店家則無論開設多久，也要遇到有人追問，才可能告訴對方這小小店鋪是他阿祖、阿公或老爸手裡創設。當時若有鄰近村民在場，肯定會熱心幫忙證實，說自己父親、祖父、曾祖父還是個小孩時，就經常光顧這家老店。

我祖輩搬過幾次家，才選定離山海都不算遠的田野間興建大瓦厝定居，平日要往宜蘭街購物，或者到鄉公所鄉農會辦事，總會經過這兩家或其中一家雜貨店。後來因為父親成為鄉公所職員而搬新家，將大瓦厝分由兩房伯父繼續居住。

祖母隨我們一起住，難免思念昔日全家族在大瓦厝的群居歲月，時不時會抽空回去看看，每趟回去總不忘帶我這個「從大瓦厝孵出來的雞仔囝」隨行。所以連我這個小跟班，都知道何仔金獅及店仔川兩家雜貨店。

古亭村永美路二段十七巷 口的老雜貨店。

2

我讀小學到高中期間住的連棟住宅，整排房屋座落在鄉公所對街，緊鄰五岔路口而形成一個聚落。左鄰右舍全是住宅兼理髮店、蔘藥房、碾米廠、斗笠店、自行車行、棉被店、製冰廠、小麵館、雜貨店。甚至外地來的傳教士、修鐘表師傅、布匹販子、魔術師、賣跌打損傷膏藥的……都喜歡跑到這兒臨時擺攤湊熱鬧。

店鋪之中以雜貨店最多。短短幾十公尺就有村長紅毛乾的店，而用木板架在水溝上擴張面積，且肩並肩緊靠著的兩家店叫曹阿木和阿罕嬸。多走幾步路，位於鄉農會與警察分駐所之間，剛從外地搬來一家雜貨店，大人小孩沒人知道店家名姓，各家父母差遣孩子買東西，便說到那家「新店仔」去買。

如果再朝海邊方向走，小學門口另外開設兩家理髮店和賣糖果文具的，他們將學校師生作為主要招攬對象。

鄉下雜貨店有人稱它柑仔店，但鄉公所附近這幾家店販售貨品種類繁多，舉凡一般柑仔店賣的吃喝零嘴，油鹽味精，糖蜜醬油黑白醋，各種花布鈕扣針線，米酒茶葉從不欠缺之外，連竹器農具和簡單家具，捕鼠夾子鐵絲籠，大小電燈泡，電器總開關的保險絲，煤油燈跟蠟燭線香紙錢，還有粗細繩索跟木炭等，皆在陳售之列。

早年各家孩子多，店裡更少不了學生制服、白手帕、白布鞋面塗料、代替書包的包袱巾，以及鉛筆、蠟筆、毛筆、硯台、墨條、橡皮擦、作業簿等文具。近乎無所不賣的情況下，大家認為叫柑仔店未免小看，應該稱它雜貨店才來得氣派貼切。

村裡孩童除了奉命採買，私下光顧最多的，男生挑選形似彈珠的金柑糖和各類蜜餞居多，女生們偏愛酸梅、李鹹、梅仔餅，至於價格比其他零嘴貴好幾倍的白雪公主泡泡糖，則是男女生連做夢都奢想嚼個不停。可千萬別以為小孩子錢好騙，某家金柑糖一毛錢賣兩粒，某家能夠買到三粒，大家清楚。縱使算數課常挨老師責罵是笨蛋的孩子，也曉得到賣三粒的那家光顧，把兩毛錢變成三毛錢花用。

當然，小孩子通常會注意口感與數量，不會想到糖果品質和成本問題。有人傻傻地跑去問一毛錢賣三粒的店老闆，說別家統賣兩粒，而你怎麼可以賣三粒？只聽到老闆淡淡地回應，可能是我進貨量多，大盤批給我比較便宜吧！那人又跑去問賣兩粒的老闆，問他能不能跟著賣三粒呀？那老闆苦笑解釋，若賣三粒貼老本，那何必賣呢？

這種小小糖果根本沒利潤可言，賣掉整整一大罐，也抵不上賣兩包香菸呀！

印象中，這幾家雜貨店相距咫尺，卻各有經營之道，從來不曾因為生意競爭而壞了彼此情誼。

這些雜貨店幾乎旁依著鄉公所開設，鄉公所員工每天出勤上下班敲響銅鐘，正是各家戶校對牆上掛鐘的聲響。獨獨一家叫金生嬸的店，距離稍稍遠些，得往宜蘭街方向走個兩三百公尺。但它貨品多，有專賣鹽巴許可證照，最特別是它屬獨棟磚瓦房子，店鋪周邊留塊很大空地。由翠綠竹圍圈住的寬敞後院，放養成群雞鴨鵝，以及一大群體型壯碩、聲音聒噪的火雞。

其中公鵝跟公火雞，在庭院裡等同劃地為王的地痞流氓，無論什麼人膽敢逾越雷池，牠們即不分青紅皂白地把你當成仇家追殺，整大群公鵝和火雞一齊伸長脖子，尖聲嘶啼，就像勇猛敢死隊，各自持著銳利長劍、長矛直刺過來。

村人公認，金生嬸飼養的公雞是鄰近幾個村莊中最為雄健昂揚，經常要孩子抱著自家母雞去配種。這是個艱難而且相當恐怖的任務，因為那些公鵝和火雞總先驅趕人，再去逗弄新加入的母雞。

等配種任務完成要抱母雞回家時，同樣得演一場你追我趕的戲碼，折騰半天。

3

孩子曾經問我，以前鄉下店鋪少見招牌，每家貨物品類不盡相同，那要如何才能分辨清楚而少跑冤枉路？

我說不管哪一家店，所有村人都是熟客，哪家賣些什麼東西，同樣品牌貨物哪家賣得便宜，大家心裡明白，有無招牌全不會弄錯。何況，賣鹽巴必須是糧食局指定的零售商，掛著一塊藍底白字「食鹽」專賣招牌；賣菸酒店家，必須懸掛菸酒公賣局許可零售字號的「菸酒」招牌。

到後來民間廠商有樣學樣，於是汽水的大瓶蓋圖案，胃散的葫蘆罐仔，小雞飼料、尿素廣告，味素、仁丹廣告，宜蘭街洋服店、酒家、冰果室的電話番，戲院海報看板，掛得到處是，非常熱鬧。直到五〇年代，接連幾個強烈颱風，才把這些形狀大小不一顏色不同的招牌，做一次大掃除。

像從宜蘭海岸登陸的破米籮（波密拉）、巫婆（歐珀）颱風，不但將田間整排高壓電杆攔腰折斷，強風還伸出魔爪撕扯住戶房頂瓦片，成行成列地撬開、敲碎，再一片片吹到半空中，學戲台上天女散花般撒了下來。許多人家的門窗和屋頂整個被颳跑，彷彿飛天魔毯飛往好遠好遠的田裡。

當年要是有人及時到田野撿拾，把各家雜貨店被吹走的各式各樣招牌與廣告牌子好好收藏，現在應該稱得上骨董，肯定有骨董商找上門。

近二三十年，各種量販店、便利超商在台灣農村橫行霸道，任由它們天天長時間不眨眼睛的睖瞪下，弄得一些老雜貨店只好收攤。我們村長已經換掉好幾個，老村長那雜貨店當然早就不見蹤影了。

另外，竹圍庭院長年收容圓桌武士和成群劍俠的金生嬸雜貨店，已改建成現代化連棟樓房，再沒雜貨陳售，也沒小孩會抱母雞來找公雞了。過去那些老雜貨店，大概僅能留存在老一輩村人不甚可靠的記憶裡。

倒是我童稚時期隨著老祖母走遠路，回大瓦厝途中作為中途休息站的兩家雜貨店——何仔金獅和店仔川，如今照舊挺立於三岔路口和十字路口，由他們家族持續經營。其中店仔川，已搬到十字路口斜對角擴大營業，具有小型超市的規模。

它們早有了正式商店名稱也掛了招牌，但不管招牌怎麼寫，經營格局變大變小，這雜貨店在我記憶裡，永遠叫何仔金獅，永遠叫店仔川。我也永遠忘不了那沁涼的長條木椅，以及苦澀回甘的青草茶。

——原載二〇一七年一月《聯合文學》第三八七期

耳聞目睹

我沒騙你

週末，我通常給自己放個假，不看報、不看電視、不寫稿、少出門，只窩在書房翻閱閒書。

客廳電話突然響起，受話筒傳來年輕女子嬌柔的聲音：「請問是吳敏頭先生嗎？」吳敏頭？曾經有人將我名字寫成吳明顯、吳敏賢、吳銘顯，被叫吳敏頭還是頭一回。把我名字錯得這麼離譜，必定事有蹊蹺。

我立刻嚥下口水潤喉，用很自然的語氣回應：「我是吳敏頭！請問哪裡找？」

「吳先生您好，我是郵政總局投遞科林股長，您有封雙掛號招領期限到前天，依規定我們必須退回原寄送單位北區國稅局。通常我們不會再聯絡原收信人，但最近正逢國稅局分批退稅，信裡頭應當是寄給您的國庫支票，事關您個人權益，我們特別為您留下國稅局聯絡電話，您可以直接聯繫他們領回支票，電話是……」

她長串地您個不停，我不得不插嘴問道：「請問你們在哪一天投遞那封雙掛號？」

「您稍等——哦，有了，根據投遞紀錄，該郵遞區人員在二月十七日星期五第一次投遞時，府上大門深鎖；隔兩天，也就是二月二十日星期一再次投遞，同樣沒人在家，撥打府上電話也無人接聽。」

「不對呀！那兩天我們全家都在，誰說沒人在家？」

「好奇怪唷，從第一次投遞到現在，時間超過半個多月，又是上個月的事，吳先生怎麼記得那兩天沒出門？」

「沒什麼奇怪，二月二十日星期一我六十大壽，家人從前一個星期五便陸續趕回來團聚慶賀，我當然記得很清楚。」其實，過生日根本是我順口編造的。

「聽吳先生說話聲音中氣十足，不像六十歲，倒像個二三十歲的年輕小伙子哩！難怪記性好。但不管怎麼說，您還是儘快打電話跟國稅局王科長聯絡，電話

××××××，請您拿筆記一下。」

我複誦一遍電話號碼之後，故意揚起聲音說：「咦，股長小姐，您給的這個北區國稅局電話號碼，好像不對耶！」

「哦——它不是總機啦！撥總機要轉來轉去耗時間，也浪費您電話費，所以才給您王科長專線，找他不會錯，您馬上撥吧！」

「可是，北區國稅局沒姓王的科長呀！」

「老先生，您電話還沒打，怎麼說沒有王科長呢？」

「股長小姐，你知道我這個吳敏頭是誰嗎？」

「吳先生您真愛說笑，吳敏頭先生不就是您老人家嗎？」

「沒錯呀！我這個吳敏頭正是現任北區國稅局長呀！要不然，我哪曉得你弄錯電話，又怎麼了解局裡沒有王科長。」

聽我這麼說，話筒裡頓時鴉雀無聲，間歇一陣子，才聽到她語帶結巴地應了一句：「吳先生，您說——您是局長？您應該沒騙我吧？」

我說：「我平常的確很少騙人。」

——原載二〇一七年三月八日《聯合報・副刊》

請放過我

常和我聯絡的親友，都知道我喜歡有話直說。若相隔兩地，大可用電話直接明講，千萬不要留什麼簡訊，以免誤時誤事。

困擾的是，手機照樣不斷地收到新訊息，最多的時候，一天接連好幾封。

簡訊對接收人自有其方便之處，例如正忙著開會、開車、開講，或補眠、補習、構思寫稿之際，皆可暫時不受干擾。以我這麼一個長期使用手機的用戶，會對朋友提出「請直接講，不要發簡訊」這種違反科技潮流的要求，背後實在有難言之隱。

主要肇因在自己從小對國語注音符號ㄈㄏ不分，經常把ㄛㄜㄡ擣麻糬那樣擣得黏答答地糕糕纏，還讓ㄓㄔㄕ及ㄗㄘㄙ像和麵糰，糊里糊塗地搓揉到一塊兒。因此不管用口語或拼音輸入，都容易「花生」誤會，甚至「吃醜」。

如此想與人禮尚往來，簡明扼要地鍵出適當字句回覆，實在煎熬。使盡辦法拼出來的天書，修正之前萬一失察傳送，很容易讓人誤以為是詐騙集團、恐怖分子耍弄的伎倆，或是某個叛亂組織發出的祕密指令。

特別是老來豔福不淺，每天下午一點半到三點之間，常有人傳來一則又一則令人血管加速奔馳，心臟機能歡聲雷動的簡訊。教我這個時常在前一天深夜寫稿寫到暈頭轉向，午飯後不得不打個盹的老伙仔，立刻被「登、登、登」響聲蹬醒過來，夢也夢不周全。

平日還得擔心，萬一某人撿到我的手機檢視，一定認為這麼個外表看來土拙拙的鄉巴佬，竟然是個尋花問柳的色情狂。

不信你看看這些簡訊留言——

你累了嗎？下班紓壓專線，酒窩妹，168E彈，皮膚細嫩……台大小祕書，標準模特兒身材，精通英日語……難忘熱情車模，全自動排檔，教你油門全開，不必踩煞車……潘金蓮，163D，20歲優質美豔，能歌能舞，絕對能滿足你挑剔的味蕾……蜜桃寶貝，混血泰洗妹，讓你一次上癮，回味無窮……新白嫩護士，超優溫柔妹，晚班熱情，保證痠痛全消……長腿櫃姐，膚白波大，寂寞芳心等你來電……美豔輕熟女、白晳氣質妹、超優質美女、漂亮寶貝，任你挑選……

幾乎每一則簡訊，都充滿挑逗和令人遐思的字眼，我想這應當歸功於近年來大力提倡文創的成果。如果我引述全文，就得擔心被控侵權。

收到某些簡訊之後，對方甚至鍥而不捨地用電話追蹤。少不了有個嬌滴滴酥麻麻的聲音，從電話裡告訴我：「帥哥，你怎麼可以把我忘得一乾二淨，人家可想死你呢！」

我趕緊把下巴撇向一邊，刻意讓口齒含混，然後放慢速度，客氣地回應：「小姐，妳一定打錯電話，我已經老得快走不動，請不要再叩我了！拜託拜託！」

可隔沒多久，又有人換個詞兒蹭進我手機。看來，我只能對著手機簡訊頁面默默地禱告——請你放過我吧！

——原載二〇一七年七月四日《自由時報·副刊》

卷四

三峽四疊

1 精神抖擻的老街

我到過新北市許多地方，數來數去好像獨獨漏掉三峽。

幾十年來，除了從報刊欣賞過三峽老畫家李梅樹先生部分畫作，不曾在三峽老街、清水祖師廟、老畫家紀念館，以及大板根原始雨林，留下腳印。

日前與十幾位寫作朋友，在當地進行兩天一夜參訪，總算對這地區有個概括印象。

三峽老街和創建歷史長達兩百五十年的清水祖師廟，二者近鄰。清廷把台灣割讓給日本那年，當地民眾起而反抗，整片街區即遭日軍火焚，古廟也難倖免。

好在三峽盛產茶葉、樟腦、藍染，少不得重新興建這條商業街坊。未料，隨著相關產業逐漸沒落，重建的老街很快衰敗殘破。後來再經過一番努力，投注龐大人力物力總算恢復舊觀，讓人們繼續穿行在這條兩百多公尺的時光隧道。

不管是原版剪輯或重新拷貝，老街畢竟是此地居民世世代代的生活縮影，外地來客很快就能夠從中窺測一二。

具有十九世紀歐洲文藝復興時期巴洛克建築風格的老洋樓，除了強調對稱裝飾意象的繁複華麗雕刻，有的還在山牆額頭上，用立體浮凸的正楷字寫著：「本染坊不惜重資精選原料嚴督加工製造發售」，或是：「林茂興號自辦外洋各省疋頭督染發售」等自信滿滿的字句，瞬間便使早年三峽布匹染坊興盛景況鋪陳眼前。

另外，像油鋪子、糕餅鋪子、雜貨店、百年茶莊、古早味鹹酸甜，極輕易即勾起很多人對兒時生活的回憶。近年來陸續有當地藝術家畫作、雕刻等手工藝品進駐，舉凡居民日常所需，或遊客想搜奇珍藏的物品，應有盡有。

一路行去，饕餮客偏愛的花生糖、烤玉米、雞蛋糕、豆花、青草茶、甘蔗汁、桂花烏梅汁，以及不同口味的冰淇淋，花樣繁多。年輕人喜愛的金牛角連同各式各樣西點，時刻散發出誘人香氣，任何人只要追隨自己嗅覺即可尋覓攔截。

不少店鋪門框上，依舊張貼著大紅門聯。有招財進寶迎春納福的傳統對仗，也不乏逗趣撩人的字句。其中一家鋪子門聯，寫著筆畫簡省且古怪的字眼，上聯五個字，從一個「人」字起頭，逐個堆疊兩個人、三個人、四個人、五個人，總共五個字；下聯則用一個「石」字，逐個堆疊到五個石字，讓人跟石頭模仿著啦啦隊員表演疊羅漢，果然吸引外客駐足閱讀。

我好奇地問店家，店員笑咪咪地告訴我，這門聯很古老，他到目前僅僅了解部分意思，得繼續去查個仔細才能明白，或許等我下回光顧時，說不定可以找到答案。

嘿，明知他從頭到尾這麼笑嘻嘻地，無非是對一個外地來客賣關子，卻真的在我心底丟下一則不容易忘掉的謎題。

一般人逛街在乎選購物品、評比價格。頭一回逛三峽老街，竟然變成猜謎遊戲，相當有趣。大伙兒一路前行，腦袋瓜裡即不斷地冒出問號。

砌築商家牆柱拱廊的紅磚，由哪座磚窯在什麼年代產製？整棟建築及山牆牌樓的雕飾，出自洋師傅或哪個在地匠師之手？那木構樓板，是不是附近山區砍伐的原木？作為藍染原料的大菁葉子，是否採自大板根雨林？似乎有解答不完的疑問，如湧泉般咕嚕咕嚕地流淌。

我了解，要找答案必須從歲月留下的痕跡，與商家民居所傳承的記憶去耙梳，去拼湊。

大多遊客對自己記性與眼睛的信賴，遠不及智慧型手機。隨時看見他們一路走一路舉起手機，對著街景器物猛拍照。這種舉止不免令我想起宗教教友朝聖禮拜，那種三步一跪九步一拜的虔敬。

或許你跟我一樣，並非三峽或鄰近地區住戶，但在這條令人神志昂揚的老街及其周邊，去回想自己所經歷的歲月，肯定或多或少都可以尋得蛛絲馬跡，值得禮拜。

2 神采奕奕的古廟

老與古，通常與舊字攪和一塊兒，可三峽老街和清水祖師廟不但不顯老舊古舊，還精神抖擻，神采奕奕。

台灣有很多廟宇，彼此像比賽輸贏那樣去興建、整修、擴建、重建，皆不惜花大錢鑲金框銀，甚至購買幾百公斤純金打造神像。彷彿只要把廟宇蓋得豪華氣派，神像鑄造得金光閃閃，就越顯靈聖。

這種風氣，應當與現代人急功近利相關，經辦任何事情率先考量效率速成，很少去講究多琢磨多下點工夫。修路搭橋建屋蓋廟如此，幾乎連文學藝術創作、男女情愛及日常一切，統統如此，少有例外。

常見一般廟宇，不管木雕、石雕、銅雕，無論龍柱、石獅、石鼓、藻井、斗拱、繡球、花籃吊筒，大多用模子翻鑄，並非一刀一鑿仔細雕鏤。

創建於清朝乾隆年間的三峽清水祖師廟——長福巖，在滿清末年被大地震震垮，重建後又遭日本軍隊燒毀。到民國三十六年始由當地畫家李梅樹發起建造，且親自督工進行第三次重建。

這座五門三殿九開間的祖師廟，重建工程迄今已超過一甲子，目前仍持續施工中。單以廊道上設計的一百六十四根石雕柱子為例，就有三十餘根未完成。

在西班牙巴塞隆納的聖家堂，由藝術家高第設計建造後蓋了一百多年，到今天尚未完工，令世人嘖嘖稱奇。沒想到，我們三峽祖師廟也持續蓋了七十年歲月。

廟裡木雕部分，採用檜木、樟木，並以整塊木料或整根原木雕鏤，再貼上金箔；

而石雕、銅雕所雕刻的歷史掌故，以及鳥獸蟲魚，則全部出自名家之手。要是肯花時間仔細觀賞，你會看到水裡的章魚、烏賊、青蛙，陸地上的火雞、狼狗、兔子、熊、穿山甲、貓頭鷹……相繼跑來廟裡玩耍，連螃蟹都爬到石柱礎石上點頭稱「謝」。

許多專家學者參觀祖師廟後，紛紛肯定它是一座陳列雕刻精品的博物館，呈現傳統文化的藝術館，形容它是一座東方藝術殿堂。

很久沒用過雕梁畫棟、金碧輝煌、精雕細琢、鬼斧神工……種種辭彙。到了三峽祖師廟，無論站在廟埕遠看，或進入廟裡瞻仰，努力尋思半天，卻始終想不出比這些更簡省、更精準的形容詞。

3 未剪臍帶的老畫家

年輕時到日本東京美術學校學畫的李梅樹，先後在小學和大學教書。七十年前他挺身領軍祖師廟重建工作，主要是想把藝術理念融入廟宇殿堂。

他在台灣藝專雕塑科任教期間，曾利用寒暑假帶學生參與祖師廟一些雕塑工程，為民間藝術培養新一代接班人。

與眾不同的是，這位藝術家還擔任過三峽街茶葉組合長、三峽街代理街長、鎮民代表會主席、農會理事長，以及第一至第三屆台北縣議員等多項職務，周旋於官場諸多政客之間。

李梅樹從政之前，畫作即接連獲得許多美術大獎而享盛名。他能夠將藝術創作和俗世應酬之間很難跨越的楚河漢界，徹底填平塗銷，在畫壇與政壇之間來去自如，確實令人困惑，卻不得不教人另眼看待。

畫家為了更快速地捕捉家鄉影像，拿畫筆、畫板、畫布精心用油畫顏料鋪陳外，早在一九三〇年代照相機仍然使用玻璃底片的時期，他即設置全套暗房設備。所留下的老照片當中，讓人們清楚地瞧見三峽老街一大排磚樓拱門、山牆雕飾，和街道中央輕便車軌道。

三峽實在幸運，因為出了這麼一位畢生熱愛鄉土的子弟，而變成藝文氣息濃厚的小鎮。任何人走在街區或郊外，都可以欣賞到老畫家為家鄉所傾注的豐沛人文意象及藝術養分。

人們在轄區內的國立台北大學、市街民居、商店、餐館裡外，很容易遇見老畫家孜孜不倦的創作身影，包括三峽街道兩旁鋪設的水溝蓋，全鏤刻著老畫家構思的圖繪。

展示畫作雖屬複製品，但畫中映現之山影水色，拱橋溪流，洗衣婦人，採茶少女，三峽後街以及日出或夕暮，仍在在流傳著特有神韻。連三位三峽農會女職員，都在畫幅裡留下青春的容光，更不用說畫家身邊的兒女媳婦。

老畫家走了，留下堂皇富麗的祖師廟供人們欣賞其精湛才藝之外，兒女們所建構的李梅樹紀念文物館，收藏畫作數量之多，必須分批輪番才有機會展出。

當我們參觀紀念館，欣賞一幅《戲弄火雞的小孩》油畫，畫幅中那個頭戴鴨舌帽的七歲學童，竟然調皮地跨過七十幾年時光，現身畫作前為大家說明當年畫家作畫及管教子女的往事。這位現年八十五歲的李景暘，就是李梅樹先生長子。

作為一個外地客，聆聽完許多故事後，暗地裡不免偷偷慶幸，老畫家把畢生大半精力投入繪畫，才讓我們這群寫作者還有運用文字描述這個街鎮的機會。

如果，老畫家在繪畫和從政之外，同時提筆寫詩寫散文寫小說，恐怕我們這些人縱然面對如此古樸典雅的街鎮，如此精雕細鏤的廟宇，也不容易找到能夠繼續吟哦叨念的隙縫。

我只得猜測，老畫家有生之年，身上那條與三峽母土相連的臍帶，一定未曾被剪斷。

我若是台北大學校長或名譽博士學位審查委員，一定鄭重考慮授予老畫家名譽博士學位。雖說老畫家上天當神仙已經三十多年，但他確實為這所年輕大學的所在地，深植豐富又久遠的人文與歷史底蘊。

這對整所大學近萬名學子而言，正是一門很重要的功課。

4 原始雨林的大腳丫

在三峽南端，有一片廣達十七公頃的自然生態園區，人們叫它大板根。它是全台灣獨特的低海拔亞熱帶原始雨林。

板根本是植物根系分類之一種，如同球根、纏勒根、支持根、氣生根等等。大板根三個字，從字面看帶點土氣，除了明白告知有板根林木生長，久而久之便替代當地地名。

樹木沒讀過書，不曾認識牛頓這號人物，當然不懂得什麼叫地心引力。但它們一

三峽老街古意盎然卻也精神抖擻。

這棵九丁榕號稱「板根之王」，其板根高達一百八十公分。

旦身處土質淺薄鬆軟的斜坡，或面臨陡峭山溝，為求生存必須設法挺住自己，不能跌倒翻觔斗。自救之道，只能學人們勤練氣功、甩手功、蛤蟆功、蹲馬步，拚老命穩住下盤。於是在樹下形成板根，宛如樹木長了大腳丫，然後拚命伸出腳掌、張開腳趾，時時刻刻與腳下土地拔河。

三峽大板根這片亞熱帶雨林，海拔不到三百公尺，卻住了六百種以上植物，棲息幾千種昆蟲和數不清的鳥類，一年四季熱鬧非凡。雨林中三條環狀步道，路程各有長短，方便遊客挑選。

我跟絕大多數遊客一樣，面對植物、鳥類或昆蟲，記憶庫能翻到的檔案，僅剩小學自然課本。像茄冬、筆筒樹、相思仔、樟仔、榕樹、椰子樹這些經常碰面的老友之外，其他皆歸類於大樹小樹，這棵樹那棵樹，或歪著脖子、彎著腰的樹。對蝴蝶、蜜蜂、飛鳥，也僅止於用其形體模樣和顏色作區隔。

照說應該帶本植物圖鑑，或許對自己有所長進，好在這回最吸引我的是幾株長著大腳丫的綠巨人，無暇旁顧。其中有棵九丁榕被稱為「板根之王」，根部隆起突出地面一百八十公分，不輸壯漢身高，任何人緊挨著它就可以躲貓貓。另外，貼著步道讓人得以親近的大腳丫族群，還有大葉楠、幹花榕，同屬大家讚歎的對象。

當我伸長手臂，想偷偷觸摸那筋肉緊繃、長扁細瘦而高聳的腳趾時，抬頭便瞧見枝葉展露笑容。九丁榕甚至摸仿我們鄉下老農夫的口氣，告訴我說：「樹頭站得穩，就不怕樹尾做風颱。」

朋友說，九丁榕這麼老了肯定健忘，才樂於成天閉上眼睛，盤坐地上打禪七。可當我舉起相機，設法以各種角度取景時，卻發現它並不老，像極了風韻猶存的貴婦，穿著一襲多皺摺的拖地長裙，正跟隨天籟緩緩地跳著圓舞曲。

雨林裡所有樹葉，逐一化成蝴蝶，不停地拍打翅膀，在空氣中散發清香，鼓盪我心緒。遺憾的是這輩子沒學會跳舞，此刻只能幻想自己變成一隻猴子，用長長的手腳和尾巴，抓住樹林裡纏繞糾結的爬藤，盪過來盪過去。藤蔓愛現愛串門子又愛撩人，頂適合作為表演特技的舞台。

而幻想畢竟不切實際。迎面而來那座吊橋，狹窄老舊，猴子抓住布滿鏽斑的纜繩，才瞧見自己踩踏前進的橋板，僅由兩根細窄橫木捆綁成一組，然後一組一組像整排鞦韆，大約每間隔二十來公分吊掛一組，一路排開前行，迫使你邊走必須邊盯住腳下深深的溪谷。

最可怕的景象，莫過於有些横木腐朽殘缺，這時再想學猴子攀爬擺盪，為時已晚。左腳跨出右腳跟上，右腳跨出左腳跟上，一步一步輪番跨出去，總算踩到對岸。嘿，原先埋伏在膝蓋裡很長一段時日且動輒搗亂作怪的痠痛，這回果然被驚嚇得不敢露臉。

再定下神，才發覺過橋當時全部噤聲的草木蟲鳥，瞬間聚集在自己眼前耳畔拍手叫好，傳唱愉悅的笑聲和歌聲。

在收攏四處遊蕩心思那一刻，我不得不思考自己是否下錯了這篇文章的標題。三峽何止四疊呢？它還有溫泉、美食和盡情歌唱的茶園呀！

好在我一向認分，心底明白自己怕熱、經常失眠又患高血脂，而且這輩子最差勁的才藝，正是聲韻歌喉。

——2、4原載二〇一五年八月三十一日《自由時報·副刊》

1、3原載二〇一五年九月《文訊雜誌》三五九期

本文收錄於二〇一五年九月出版《大學路151號：文學三角湧》（台北大學）

紅瓦牆

我在兄弟中排行老大，小時候理所當然是祖母的首席小跟班，成天拉著老人家衣服下襬，到處走親戚，吃拜拜、看野台戲。

早年鄉下交通不便，出門靠兩條腿，隔幾個村莊去看日夜連場戲，往往得在親戚家夜宿，於是讓我有機會住進各式各樣的房子。

鄉下屋子建材不一且形式各異，很難歸類。多數低矮平房豎著木板牆、土墼牆、石頭牆，或竹篾編排後鋪填牛糞的牆壁。屋裡梁柱有杉木、蛇木、大竹筒。屋頂則覆蓋茅草或鐵皮。

較舒適，得數大戶人家的紅磚牆紅瓦屋頂，再拿檜木梁柱和檜木鑲板隔間。

不一樣的建材與外觀，使屋裡屋外散發出來的氛圍完全不同。它們在在都銘刻在我幼小的眼瞳與稚嫩的心版，跟隨我一輩子。

等鄉間陸續拆掉老屋搭建樓房，模仿都市人只顧修飾門面、賣弄姿色的年代，畢竟錢財仍然受限，選用建材和展示格局未見特色，這時已經很難吸引我目光，更別說挑動我從小對房屋建築的好奇心。

倒是小時候心底儲存的豐富體驗，好像給了我某種資格認證，難免讓自己以為對島上幾十年前居家住宅有點見識，值得向人炫耀。

萬萬沒想到，過了大半輩子還能遇見不曾荒廢的傳統磚瓦民居，尤其住宅外側那面獨特的紅瓦牆，更令我驚詫。

這驚詫，來自台北三峽街區一趟旅行。當我和朋友才拐出老街，即有兩處磚瓦屋教我眼睛為之一亮，距離不遠的兩棟房子，各有一面外牆由層層疊疊的紅瓦片鋪排而成。奇特的場景使我們這支散兵游勇先後停下腳步，各自嚷著：紅瓦片也能砌牆耶！好漂亮的紅瓦牆哩！

每個人都說：「第一次看到這麼特別的牆壁。」

窯燒紅瓦片，主要拿來覆蓋屋頂。在住戶頭頂遮陽擋雨兼藏寶盒，收藏小孩子換牙時脫落的下排乳牙。看到的兩處紅磚屋，正屬這種傳統建築。

一般老瓦屋往往禁不起長年風雨侵襲，屋主為了防漏防潮濕防颱風，乾脆以鐵皮或笨拙的水泥瓦替代紅瓦片蓋上屋頂，紅磚外牆則敷層水泥再貼磁磚，或直接封上鐵皮。也有選購外觀仿冒磁磚圖案或原木紋路的鐵皮，自以為講究。

三峽有泥水師傅能鋪設漂亮的紅瓦牆，取代磁磚或鐵皮牆，不愧是一個蘊結濃厚藝術氣息的市鎮。其他地方有無同樣靈巧的師傅，能否搭建出如此獨特的紅瓦牆？大概很少人知道。

用紅瓦鋪成整面牆，彷彿一盤布陣完善的棋局，自在瀟灑地等著太陽和風雨起手落子，調兵遣將。可千萬不要看到它們穿著制式服飾，規規矩矩地整齊列隊，前後對正、左右看齊，便認為他們全是些頭腦簡單，只懂得乖乖聽命行事的兵士。

我大舅當一輩子木匠、泥水匠，蓋過很多磚瓦房和富麗堂皇的廟宇。幾個大我幾歲到十幾歲的表哥，也個個是獨當一面的師傅。他們讓我從小對櫥櫃家具木作和建屋蓋房工程，多少有些了解。

在平面或斜坡鋪疊瓦片，鋪成凸楞間夾著凹槽，凸楞或凹槽皆用石灰或水泥黏糊，無論雨水落在哪個角落，全歸凹槽匯聚流向屋簷落到地面，應屬泥水師傅基本技藝。

三峽居民把屋瓦釘在牆壁防水，比使用磁磚或鐵皮漂亮且富詩意。

我最欣賞大舅在屋頂開設天窗，將一片透明玻璃鑲嵌在某道凸楞上，供陽光月光甚至些微天光去探頭探腦，看看屋裡人家在修理桌椅或縫補衣服，三餐除了地瓜稀飯拌醬油，還有什麼菜餚。

至於教瓦片在直立牆壁上攀爬成一面紅瓦牆，在大舅和表哥們的工作場域，從未見過。只記得大舅說了好多次，砌磚蓋瓦，越整齊越不容易，鋪設角度越陡峭越困難，一定要勤加訓練，絕不是單憑尺量或墨斗牽線註記即能成事。

尤其兩處紅瓦牆當中，有一面位於高低參差的磚瓦房二樓外側，緊貼在矮了一層高度的磚瓦房屋頂。當年施工布建，如何把不堪一擊的尖頂紅瓦屋充當工地？在脆弱的屋頂上搭鷹架送材料？又如何戰戰兢兢在垂直的牆壁釘上瓦片？光憑想像，就足夠使人傷半天腦筋。

眼前這種布局，將紅瓦片井然有序地緊貼著屋牆排出一條條長龍，最後構成一整面外牆，肯定要老匠師長年累積豐富的經驗才能成事，實在是嚴苛的考驗。

紅瓦牆為了不讓濺到牆面的雨水佇留，要雨滴盡快由上往下流掉，瓦片施工程序必須由下朝上逐片攀升，一片緊接一片。隨後固定的瓦片，輕輕地含住先前的瓦片，僅露出下沿空隙透氣，仿如輕啟朱唇，緊挨著對方耳畔說著悄悄話。

以鋼釘逐一固定瓦片，會露出螺帽，師傅們立即拿豆腐乳大小的方形蓋子膠合蒙住，防滲漏防鏽蝕。先前一定沒料到這些突起的小方塊，竟然為紅瓦牆增添一番活潑俏麗的風情。

瓦片與併排瓦片之間隙，使用石灰或白水泥填糊。全部細節，形同軍隊操演布陣，橫的直的都疏忽不得。

有了這些變化，在瓦片上流淌蒸發的就不光是雨水，應當還有磚瓦建築特有的美，庶民居家日常的美。

一面紅瓦牆壁，總要釘疊個四五百塊瓦片，雖說現代釘掛黏貼材料精良可靠，但這些窯燒瓦片不像塑料樂高玩具或塊狀積木那麼耐折騰，質地恐怕不比某些食用煎餅強韌多少，更何況垂直施工，分秒都有地心引力那隻怪手掣肘搗鬼，稍有疏忽，碎裂的不僅一兩片，極可能出現骨牌效應殃及無辜，把其他釘妥的瓦片一併砸毀。

暫且甩開掃興話題，卻不免想到那些巴住牆壁的紅瓦片，和趴在屋頂的紅瓦片，到底誰比較辛苦，誰對屋主貢獻大等等細節。

不難了解，紅瓦片一旦覆蓋屋頂，必然經常遭受雨淋露濕，只要秋冬雨季硬賴在上頭磨蹭，總會留下印記。瓦片內裡原本透氣活絡的毛細孔，很快即被浸潤堵塞，開始長出青苔。

還有些整天悠悠忽忽而被風拱來拱去的草籽，夢忒忒地在此落腳。於是萌芽後枯萎，再重生復死，不斷輪迴地把它充當世間樂土，更使得紅瓦屋頂比人還老得快，不幾年即滿頭滿臉老人斑及雜亂的毛髮。

如果從這個角度去思考，紅瓦被釘在牆壁算是幸運。再怎麼風雨敲窗，雨水正踹斜踢，畢竟不是攀岩高手，也只能短暫逗留戲耍，猶如幫紅瓦牆洗把臉。整面瓦牆依舊容光煥發，持續顯現出雍容大度，勇於擔當的氣概。

不管誰，看到紅瓦牆展露如此架勢，都不免心馳神往而有所期待，或想掏出筆來在上面寫它幾句，或畫它幾筆。

紅瓦牆會像放映電影的銀幕那樣，變成一面直立寬闊的表演舞台。邀請雀鳥掠過的影子，雲朵揮舞的衣袖，雨滴飛濺的淚水，月光輕盈的腳步……給了人們無限遐思的想像空間。縱使粗魯的太陽拳打腳踢，抬起大腳丫劈里啪啦地表演飛簷走壁，它也承擔得起。

誰都不否認，太陽一向粗心大意，甚至自以為是。迎面聚焦，俯仰反射，側光斜照，從不講究。但在它照射下，乍看簡單無甚變化，細瞧卻不得不教人驚奇歎服。紅瓦牆彷彿張開無數靈巧的手掌，將陽光攤在手上揑在手裡，幻化出無比華麗。好像成群的紅豔錦鯉，優游於粼粼波光之間，閃爍出繁複的光燦。

紅瓦屋頂和紅瓦牆，同屬紅瓦片所建構。如果你是紅瓦片而想青春永駐，不靠醫美拉皮、打肉毒桿菌、吃膠原蛋白，哈，你可要分清楚哪兒是屋頂，哪兒是屋牆，千萬不能站錯地方哦！

問題在人長兩條腿能夠走動，有時候想找個位置都不容易，紅瓦片哪來本事自己做主。這種處境，應該就是人們常怨嘆的那句話：「命啊，全是命啊！」

這紅磚屋和紅瓦牆，係我和朋友路過瞧見而非表列的參觀景點，大家站在路邊欣賞一陣子，搶拍了幾張照片，心裡再怎麼留戀，還得追趕前行的隊伍，去一家著名的藍染工坊。

例。

通常被安排參訪，縱算不用過關斬將，卻逃避不了狼奔豕突地趕場，幾乎已成通

——原載二〇一五年十月十九日《聯合報．副刊》

腳踏車與糖煮魚

看到有人學騎腳踏車，總令我想起三十幾年前闢建北部濱海公路期間，涉險穿越工地，在山窩海隅所瞧見的種種景致。

北部濱海公路通車後，只要有人提及這條公路，不但教我想到那輛由漁船載到鼻頭漁港的腳踏車，還會想起那位初次見面的里長，請我品嘗他親手料理的糖煮四破魚。

1

台灣東北角沿岸，山海交錯，地形彎彎曲曲高低起伏，彷彿被人胡亂啃了好幾口的生硬瓜果。

聚落和大小港澳及河汊，零星散布，形同孤島。在北部濱海公路開通前，僅片段通道個別與外界連接。

某些路段，路口布署著崗哨架起柵欄，歸海防守備部隊進出碉堡陣地的專用網絡；某些路段，擱置一旁的舢舨殘骸上，晾曬著漁網、浮球、船槳的，是出入漁村港澳的通道。而路面崎嶇不平又鮮少人跡的小徑，則供喪家抬著棺材，走向海邊或山腳下的墳場。

它們最大的特色是，幾乎全屬彎曲起伏的泥地或石子路面。路徑寬窄不一，有可供行車，有僅能徒步跋涉，甚而彷如穿針引線般在大小岩石隙縫鑽進鑽出。

居民病痛到外地就醫，若不搭漁船接駁，只能癱在轎子裡，坐在藤椅上，請人抬著走，例如龍洞、鼻頭、南雅之間。

道路開闢工程，不外逢山鑿洞遇水架橋，要不就拆房舍、填土石、鋪柏油。但北部濱海公路闢建可複雜許多，在沿線居民眼裡，算是盤古開天以來的巨大工程。

公路沿東北角海岸蛇行，除了部分利用原有斷斷續續路段打通連接，新闢路基必須將山巒開膛剖肚，或從大腿、腳掌腳踝邊邊擠出一點。不夠了，再由海的裙裾一小片一小片裁剪下來。

還有些路段，公路投靠早先鋪好的鐵路，聯手並肩邁開大步，學道上兄弟耍起流氓，硬是把山海推擠開來。

不難想見山和海都不太樂意，時而砸幾塊石頭洩恨，時而掀起巨浪咆哮，抗議示威。

施工得等他們稍事容忍或勉強退讓，才能把路線圖上那些片片段段虛線，逐一串聯。宛如小孩子在書畫練習簿按照圖案輪廓描紅塗繪，以色筆做實際連貫與填充。

2

公路闢建初期，我搭乘榮民工程處施工所工程車，從宜蘭頭城往北行駛。

當時正逢梅雨季節，天空、海洋、陸地，統統被老天爺塗繪成灰濛濛濕答答。老天爺硬拗說，祂還沒睡醒，而且正在做夢，逗著我們一路跟天色捉迷藏。

工程車像剛學步的幼兒，跌跌撞撞停停走走地朝前駛去，每因初闢泥路路基尚未牢固，或施工灑水，或浪花飛濺而打滑蛇行。

有些路段只好車歸車走、人歸人走，各自努力。車由司機先生獨自操控慢慢滑

濱海公路沿路風光依舊美麗。

行，我這乘客和陪同的工程師則下車徒步跟隨，兩人不時弓著身軀攀爬，跨下馬步溜滑梯，歪歪倒倒橫行蹲伏，簡直是剛打幾個酒攤鑽出來的醉漢。

一路走走停停，形同篩簍裡翻滾的豆子，顛簸地朝向施工路段伸入，幾乎花掉大半個白天時間，才抵達工地終端——瑞芳南雅海邊。

在那曾經煉銅冶金的山腳下，我看見一大片黃澄澄與一大片藍森森的海水翻臉吵架。據說早從開礦的年代，他們即結怨成仇，未料礦坑封閉多年之後，雙方依舊記恨在心，互不相讓地拉扯個不停，誰也不服輸。

到了這個給人深刻印象的陰陽海邊，我終於可以停歇山海之間探險的腳步。

3

此刻，翻閱記憶冊頁，回顧一路走過的漁村聚落，比對地圖上能夠找到的註記，整個人立刻像飛鳥展翅騰空，毫無阻攔地飛翔。

想起路過的萊萊、三貂角、馬崗、卯澳、大小香蘭、鹽寮、澳底、和美、龍洞、鼻頭角等聚落，所遇見的人，看到的景致，無一不讓腦海思緒向傍隨的海潮學樣，蕩漾不已。

尤其在和美，當地人告訴我說，他們這個村落被山海包夾，早年蚊子特多，所以老一輩把自己住地取個乳名，叫蚊仔坑。

單單這樣一個聽來通俗的地名，竟驅使我的思路爬山涉水，折返早已丟失的童年。雖說有些恍惚，卻的的確確帶我回到了度過童年與少年歲月的村莊。

我生長在宜蘭鄉下，小學左側緊挨著一個小聚落，這個我每天都要打旁側經過的聚落就叫蚊仔坑，住了六七戶林姓和陳姓人家。

我們全班二十幾個孩子，有三個來自蚊仔坑。他們最令全校師生羨慕的，是不用早起趕路，天天可以睡懶覺，等早自習預備鐘聲響起，再三步併兩步跑到教室，不算遲到。放學時，更不必排路隊，想繼續留操場玩多久，都可以。

這幾戶人家，與多數村人一樣住著土墼牆、茅草頂的低矮屋子，耕種聚落周邊水田。誰也不明白他們為什麼獨獨把自己居住地叫蚊仔坑。

猜來猜去，總以為這幾座竹圍蚊蚋多，所以取這個名字。令人想不透的是，早年鄉下環境衛生普遍不及格，村裡實在找不出哪個聚落不屬蚊蚋群聚的蚊仔坑？

這個聚落為什麼叫蚊仔坑？直等到我進入職場後才弄清楚，這些同學的祖父曾祖父輩，都是結伴遠從台北貢仔寮海邊蚊仔坑，翻山涉水搬到宜蘭的。

人來了，帶著家當捧著祖宗牌位來了，最後乾脆連舊居名字一起帶過來。

當我雙腳踩在貢寮和美蚊仔坑，才發現我小學同學的父祖輩雖然將家鄉地名帶在身邊，仍不免有所丟失。和美的蚊仔坑，近山又靠海，每個白天海潮緊貼耳畔歌唱，每個晚間山風會伴隨海潮，趴在枕頭邊陪著打鼾。遷居宜蘭鄉下那個蚊仔坑，離山離海皆有一段路程，尤其現今路上車多，家家戶戶電視說唱不停，平日出門回家在那廣闊且經常水汪汪的田野，只聽見被農藥撲殺倖存的小昆蟲，暗地裡唉聲嘆氣。

兩個蚊仔坑，隔著許多山頭許多海灣。北部濱海公路闢建通車前，家鄉對他們而言，真的非常遙遠。連留在和美墳地的老祖宗，還是等到這條北部濱海公路通車之後才陸續遷移。

也許，這正是早年他們父祖輩不得不先把家鄉地名帶在身邊的原因吧！

很多年過去，聚落裡老老小小若被人問起家住哪兒？答案絕對一致，我家住在蚊仔坑。甚至加重語氣說，我家住在蚊仔坑底。

浪潮把岩石雕成單面山。

坑，已夠低窪了。坑底？豈不成了古井般深邃！但多了這個扎扎實實的「底」字，等於將聚落住居所該有的基礎早已夯打得穩固了。

彷彿連整個聚落所有權，皆已明白昭告，住這兒的，全屬落地生根的主人，並非過客。

4

過了和美，龍洞及鼻頭這兩個分別遭山海聯手捆綁大半輩子的聚落，終於教開路工程機具解開繩結，方便親戚走動，鄰里互通聲息。

路基跟隧道都是向大山搶來的，該上坡該下坡，該彎該拐，得拿捏分寸做好妥協，一處又一處嶙峋怪石，孤傲地蹲踞山崖絕壁上，虎視眈眈緊盯著我們。

映入眼簾的景象，連同心裡能搜尋到的形容與感受，大概少不了類似萬古洪荒、開天闢地和驚心動魄那樣的字眼。

山還不時把手臂、腳丫伸進海裡撩撥浪花。任何人都能感受，那不像溫柔的愛撫挑逗，顯然是粗魯且不懷好意的騷擾凌虐。

當地居民在此之前，難得遇到刻意打外面闖進來的陌生人。蹲在路旁的兩個老人，看見我背相機走下工程車，即漾滿笑臉告訴我，以後他們兒孫辦嫁娶，應該可以坐這種裝有輪子的汽車，不必再抬轎子，更不必開漁船接駁了！

過去外地嫁來龍洞或鼻頭的新娘，若不是穿上婚紗從基隆搭乘漁船，便是坐老祖宗留下來的轎子，穿梭在上上下下拐來彎去的小山徑。這裡出嫁的新娘，也是這麼辦。

尤其緊張的，居民生病需要求醫，通常僅能用背嬰兒的長條布巾，將病懨懨的親人捆上藤椅，讓人在藤椅扶手兩側各穿進兩根竹竿扛著走，像抬神轎起鑾般，一路顛簸，爬上爬下，在彎曲狹隘的岩石隙縫打轉。從這，就不難了解他們為何如此期盼趕快開條大路。

鼻頭漁村的孩童，看到我不時舉起相機獵取鏡頭，陸續好奇地靠過來，個個咧開嘴巴嘻笑。站在我面前的孩子，甚至張開手掌朝相機鏡頭不停揮舞。問我：「是不是拍電視？現在拍了，什麼時候可以播出呀？」

我略微往右側偏去，被攝入鏡頭的孩子立即用手摀住嘴巴嗯嗯嗡嗡地說：「不要照我，我才缺兩顆門牙，你應該照他，他總共少掉六顆牙齒。」

他伸出另一隻手指向他後方的高個子，繼續說：「就是他呀，我們班上的，他最愛現、最色、最愛女生，而且愛吃糖，所以牙齒掉得最多！」

高個子伸手拍打幾下舉薦者的腦袋瓜，說他亂講。未料此舉引起其他孩子反彈，異口同聲地討伐高個子說，人家才沒亂講，說得對，對，對，對！

大家如同在學校推舉模範生那麼熱烈。

5

沒多久，圍住我的孩子們像突然受到驚嚇般一哄而散，朝著一個手牽腳踏車的大人奔去，一面高聲喊叫：「里長伯仔，里長伯仔，這回該輪我了！」

「該我，該我才對呀！」

這輛中古腳踏車，幾天前才由漁船從基隆載到鼻頭里，它可是這個漁港聚落史上第一輛腳踏車。

車子已屬老舊，單牽著它走動，便嘎吱嘎吱一路發出刺耳聲響，彷彿故意要耍點威風好引人側目，又有點像不甘願落腳在如此偏遠的山窩，邊走邊喊冤。

缺了六顆牙齒的高個子，跑回家拿來船用機油，往鏽紅的輪軸和鍊條滴上，將全部活動關節逐一滋潤，總算消減一些聲音。他高舉一罐髒兮兮鬥上一截尖細長嘴的鐵皮罐子，得意地告訴我，這機油像紅嬰仔的牛奶，腳踏車喝了它就不吵了。

儘管天空似有似無地飄著毛毛細雨，大人小孩仍然興致不減，輪番學騎。尚未輪到者，一窩蜂緊追在歪歪斜斜的車後頭，爭先恐後搶著伸長手臂想扶它一把。不小心摔倒，便一骨碌爬起來，用手朝手肘膝蓋搓揉幾下，又繼續追向前去。

夥同孩子們一起學騎車的王金火里長說，這裡每戶人家都鼓勵孩子要認真學會騎車，長大以後至少可以騎腳踏車載新娘子回來。不必坐漁船走海路，也不必坐轎子走山路，免得新娘子被顛得七暈八素，教人誤會害喜了才進洞房。

一個身材肥胖的孩子，更不乏雄心壯志，指著工程車揚言，等他想娶老婆時肯定會自己掌握方向盤，駕駛四輪的黑頭仔車載新娘回家。

當然少不了有人笑他憨大呆，滿腦子竟是空思夢想。如果真有本事拎一大布袋花花綠綠的鈔票去買汽車，當然不單單為載個老婆回家，何況黑頭仔車又不好擺眠床充當洞房，不能日夜窩在車裡吃喝拉撒睡，若是聰明一點，不如拿這些錢到瑞芳到基隆買間新房子才實在。

再說，住慣了這個封閉的山窩海角，能開車跑外地又怎樣？搞不好，進了台北城連東西南北都分不清，團團轉也找不到回家路徑。唉，還是認分點學學腳踏車，能夠轉動兩個輪子替代兩隻腳邁步，已經是歷代老祖宗不敢奢想的福氣了。

王里長告訴我們，住這兒的人，從阿爸的阿爸，阿爸的阿爸的阿爸，早已習慣翻山越嶺，從打赤腳到穿草鞋、布鞋、膠鞋，甚至由外地弄來破舊輪胎裁切製成涼鞋，大家有如賽跑接力，一棒一棒交下來。現在就要輪到滾動兩個輪子了，要是連腳踏車都不會騎駛，恐怕得繼續傳承老祖宗的步數，靠兩條腿過一輩子。

他抬眼看看我，然後自顧自地笑著說：「其實，這些話有時是用來嚇唬小孩。我相信等公路開通了，想去什麼地方，大可坐巴士或小轎車，不管它四個輪子、六個輪子、八個輪子，都隨自己高興。」

果然！

里長說了實話，倒是他沒料到幾個月後捷足先登的，清一色是外地客人駕駛各式車輛湧進來，大家來看鼻頭角燈塔，到龍洞海邊釣魚，來談情說愛，更多的是張開嘴巴大啖剛捕撈的新鮮魚蝦。

6

當天中午，工程師、司機和我三人回工程車上，打開早上準備的飯盒。王里長熱情地跑過來邀我們到他家，說可以邊吃邊聊天。

里長住在一棟緊貼山壁砌建的長條狀房子，居高臨下，公路切過山腳，路的另一側是鼻頭漁港。他非常迅速地燒好一鍋白菜湯，然後煎煮兩大盤四破魚。同時，插電鍋幫我們蒸熱飯盒。

三個外來客畢竟是第一次瞧見煎得紅褐焦黑的四破魚，相互瞄了一眼後開始扒飯。王里長以為我們客氣，便說這四破魚剛從進港漁船上拎回來，他發現直接用紅糖煎煮要比摻其他佐料都香，大家試試看。說完還為每個人夾了一條，果然好吃。

一般人除了飯館裡吃過又甜又酸的糖醋魚，能把腥臊海魚與紅糖一塊兒煎煮，經過舌頭味蕾吃下肚，是我以前不曾有過的經驗。

我對食物一向隨和，只要不太油膩、不太甜、不太辛辣、不太鹹，模樣和味道不太古怪，全能填飽肚子，並不講究檔次高低，心底當然不容易找到自己偏愛的食譜。但對三十幾年前在鼻頭漁港王里長家這道糖煮四破魚，卻惦念不忘。

其實，在台灣四周海域尚未遭受嚴重汙染的年代，四破魚是鄉下人很容易吃到的近海魚類，便宜又新鮮。學生帶便當，通常燙一撮自家園圃種的青菜、煎一粒菜脯蛋，就心滿意足了。如果能有整條或半截油煎四破魚，縱使每條魚個兒不大，還是羨煞全班同學。

新鮮四破魚油煎、煮湯皆宜。也有些魚販先把魚煮熟了，攤在竹編平底篩籃，挑著沿路叫賣。這煮熟又冷掉的魚，家庭主婦買了重新蒸熱，或挖一小匙豬油用熱鍋煎牠，瞬間香氣隨油煙漫開，趁熱吃它，依舊鮮美酥脆。幾乎不管怎麼煎煮，調味佐料總離不開家中常備的油、鹽、糖、醋、薑、蒜那幾種，如此簡約即能引人垂涎。

等我吃過王里長那鍋糖煮四破魚之後，總算讓我對食物烹煮有進一步開竅——原來相同的食材，經過簡單而適切地調味，也可以變化無窮。除了紅燒糖醋魚，還可以有紅糖煎煮四破魚這樣的料理。

幾十年來，每吃到長相跟四破魚近似的魚，不管煎炸蒸煮，加糖添醋撒鹽巴，放酒放辣椒放蒜放薑絲當佐料，都會讓我想起當年在鼻頭角漁村吃到的糖煮四破魚，想起施工中的北部濱海公路。

或許，應該說除了那幾條被我吃掉的糖煮四破魚，還讓我想起路過的幾個小漁村，以及那些純樸的鄉下人吧！

7

半年多前，我再駕車行經濱海公路，從宜蘭去了一趟瑞芳金瓜石。早年在山海之間開路工程驚險撼動的感覺已不復存在，沿途卻只能用眼睛餘光去偷窺窗外風景。因為，我大部分的精神，必須專注於一輛緊接一輛由我身邊硬擠過去的大型貨車。同時要隨時留心，它們也會打遠處山崖盡頭，猛虎般朝我直撲過來。

偶爾找個能夠停靠車輛的路側，去探看那些倖存的單面山，探看那每天被鹹鹹的海風梳頭搔癢的老樹，探看那太平洋精心滷製的礁岩豆腐乾，就好像偷偷摸摸會見老情人那樣。

這麼多年，連我這種迷戀山海景致的人，都因害怕太多大型車輛一路伴隨，而盡量不走這條路了。唯一能做的，僅是在心裡頭懷念老朋友那樣不時想起它，不免覺得有些心虛和虧欠。

每個人都希望找到更便捷的路徑，可以自由自在前往任何地方。許多過往那些粗陋、窄逼又坎坷的路況，經施工之後，早成為記憶冊頁中泛黃模糊的畫面。

大概只有少數人，樂於把那些過往留存心底，當作故事流傳。

——原載二〇一七年八月《聯合文學》第三九四期

舊居

清風明月來做客

年輕時，每經過殘破不堪等待修繕或面臨拆除的房屋周邊，總覺得它們像一個個原本精緻漂亮、備受主人珍愛的藏寶盒，因為老舊破損而被丟棄。

上了年紀，再遇見這樣的老房子，感受已經有所差異。不知道是不是人與物件處境日趨相仿，還是其他因素，它們讓我聯想到的，宛如一本一本被攤開而忘了合攏的舊書冊，全部書頁雖已泛黃，散布碎花霉斑，部分且遭蟲蛀，卻照樣有陽光有清風和月色，相繼飛奔過來勤快地翻閱，認真地朗讀。

這一轉念，宛如揿下一個啟動按鍵，立刻有許多故事從那些冊頁間陸續冒出來，整注滔滔不絕的湧泉任你舀取。誰能靜下心，誰就能吮吸分享。

於是不管你愛不愛聽，總有人會告訴你，那是我阿公阿嬤住過的家，自己雖然在城市裡出生長大，鄉下這棟破舊的老房子，仍然是我心底最想念的故居。

有人想起，這棟屋頂坍塌的磚瓦房正是幾十年前自己出生的場所，剛出娘胎即由外婆拿起平日剪裁衣服的剪刀剪斷臍帶，那剪刀同時剪花剪菜，逢年過節則用來清理雞隻鴨隻屠體的腸子。六七歲搬家之後，不曾回去過，單知道很多年來它一直住著陌生人家，現在已傾倒塌陷變成廢墟，但它仍被認定是自己的家。說不定還能打瓦礫堆中找到那把烏黑油亮的剪刀，那把曾經沾過自己臍帶血的剪刀。

也有人說，年輕時就在一棟日本人留下的木造宿舍娶回新娘，生下兒女。如今若有所失地走在一條寬闊道路上，回想早年闢建這條道路時硬將住家房子拆掉的情景。房屋位於大路中央，路邊這棟沒住人的低矮房子，係老鄰居的牛棚和存放犁耙的農具間。每次路過，會禁不住走神，恍惚間，往往把它當作自己曾經住過幾十年的木造宿舍，不但想到自己的新娘，同時想到鄰居那隻日出而作日落才得歇息的老水牛。

接連幾個黃昏，我在住家附近散步時，常看見一個蓬頭垢面的男子出現在一棟待拆的老房子旁邊，瞇著眼睛吸菸，默不吭聲蹲坐牆腳，享受落日餘暉的溫煦。他大概發現我這麼一個閒著無聊的人幾度留連徘徊，突然主動開口攀談。

他告訴我，這幾堵殘存磚牆框著的院落，係長輩留下的祖產，年少時他曾立下宏願，說自己長大一定要成為有錢人，把這棟老舊磚瓦屋重新蓋成西洋樓。可等真正長大、長老了，拚命賺到手的錢仍養不活自己，最後只得賣掉這棟破舊房子。再隔不久，建商會將它夷為平地蓋成大樓，蓋的卻是屬於別人的洋樓。

他實在不明白，一個人終其一生究竟能夠留存些什麼？

身影謦欬層層疊

舊居牆角或路旁樹下，經常出現某些人家棄置的藤椅、沙發、八仙桌及長條板凳。那些舊家具，很快成為孤單老人吸菸、乘涼、抓癢、曬太陽兼打盹的雅座。

偶爾會有頑皮闖了禍的孩童，垂掛著眼淚鼻涕跑到老人身旁躲藏，希望逃過媽媽手裡那根藤條。

而每一棟舊居的牆壁跟屋瓦梁柱，無論拿紅磚、石頭、土墼塊堆疊，或用木料所架構，皆不免留下各種氣味和顏色。雖因天氣晴朗或陰雨連綿各有不同，但全是人們嗅覺視覺筆記中極易留存的氣味和顏色。

尤其在半竿斜日照映下，褪色缺損的磚石及土塊，同樣被敷上一層耀眼金粉。看來確實像一落落厚重的經典書冊，與無數卷影像集成所砌築，收藏著好幾代親朋戚友的身影謦欬，層層疊疊，密密匝匝，彷彿整座記憶森林。

也許，三歲時用碎瓦片畫在水泥地的蝴蝶和蜻蜓，早飛走了；五歲時拿粉筆塗鴉的天書以及烏龜、小貓、小狗，跟著一起撒腿跑掉了。不消說，十歲時偷偷用蠟筆留在牆上那個未曾交談過、卻自以為是未來新娘的女孩名字，應該找不到了。連村裡古公廟神明都搬了家，那座原先作為小學一年級教室的神殿與廂房，統統被拆光。

所幸躲在廢墟縫隙的蟋蟀，鑽進木梁柱裡層做窩的天牛，偶爾還透露一點訊息。人們耳廓必須留存些許童音，嗅覺必須羼雜些許兒時的尿臊味，透過這樣的語言翻譯機器，才能弄清楚真相。

倘若你想知道自己身影及話語是否留在裡頭，就得依賴想像力深入那磚頭或土墼塊接縫處，深入龜裂的石灰或洋灰層。許多你想聽的故事，肯定潛伏在那疏密不一的罅隙間，等待人們去朗讀和敘說。

房頂坍塌又缺了門板的老屋，模樣酷似謝頂掉牙的老人家，站在寒風中孤立無援。僅剩兩三堵牆壁，勉強留住幾個窗框，睜開黯淡渾濁的瞳孔朝外觀望。屋角一具櫥櫃，殘破缺損，近乎解體，原本存放著書刊、信件、開會通知，以及過了有效期限的各類電氣用品保證書，現在卻一哄而散。其他諸如水費、電費、汽機車燃料使用費、學雜費、地價稅、房屋稅等繳納通知和收據，照樣撒落遍地，任由老鼠、蟑螂、白蟻輪番去翻閱、撕扯、築巢，使盡各種方法皆掩藏不住任何祕密了。

土石風化崩解，影像發黃褪色，記憶模糊消失，往往使屋主人大半截的人生歷程失去痕跡，畢竟每個人在有意無意間會丟棄遺失好多東西。它們和一些舊居所門縫、信箱塞滿的郵件跟傳單一樣，乏人展讀，只好任憑歲月風雨抹掉某些字跡，終至無從辨識。

幾乎任何一棟舊居，甚至僅剩坍塌殘破的廢墟，總收藏著許多不同的故事，可惜大部分情節僅有它的老主人清楚。萬一連主人都已忘掉大半，恐怕老天爺也幫不上

一堵土埆牆和殘缺的梁柱，仍收藏著屋主一家的故事。

忙，不知道能不能偏勞那路過走神的老鄰居，設法去延續。

何處覓得神仙居

記得自己年輕時，讀書和就業所須填寫的資料或履歷表格，住址部分往往同時出現「現在」及「永久」兩個等待填寫的欄位；正如現代人填寫部分表冊電話欄，大都分列「住家」、「手機」那般。

那什麼叫永久住址？大多數人面對這個欄位，莫不顯露出惶惑迷糊的眼神，不知如何填寫。通常是你看我、我看你，個個傻了眼，茫然地耍弄手中筆桿，拿它充當鼓捶敲打桌面或腦袋殼，久久無法下筆。

少數父母來自大陸各省的年輕朋友，會將表格帶回家問個清楚，再寫上遙遠又陌生的某個省某個縣市，及某處山坳的王家莊、李家堡、百家寨，其中大多是學校地理課本中找不到的地方。至於土生土長的番薯仔，一樣得回家探詢，結果往往被老爸戳著額頭臭罵一頓：「你這個不孝囝！我跟你阿母還沒死，你就奢想把這棟老祖宗留下的房子變賣了？如果說這裡不是全家人的永久住址，那你就是一直住乞丐寮囉？」

我當時想到的，倒是村裡那個大家叫他羅漢腳的單身漢。他平日窩在鄉公所腳踏車棚過夜，若問他住址，他肯定不停地搔攪一頭亂髮，再東指西指，指遍車棚附近每根電線杆和木麻黃。

如果進一步逼問，他戶籍到底設哪條路上，門牌究竟幾號？他最後透露的標準答案，絕對是指著其中一根電線杆說：「喏，你沒看見我那本戶口簿仔，就掛在電火柱上。」

被村裡孩子認為跟學校老師具備同樣學問的廟公，聽說我們不曉得該不該把目前住居當作永久住址填寫，立刻教大家學戲台上演出的招數，揮動雙手拍打著肋骨畢現的胸脯，張開欠缺好幾顆牙齒的嘴巴大聲嚷嚷：「男子漢大丈夫志在四方，哪來住一輩子的地方？莫非去公墓或納骨塔預約！」

於是，戲文一延伸，信奉天主教、基督教的教友說，他要在表格裡寫天堂兩個字；也有人說，他阿公阿嬤念阿彌陀佛，理應填寫極樂世界，將來才能一家團圓。

比較趨於一致的結論是，「永久住址」若不填現住居所，便乾脆留白。怪的是，這麼個教人糊里糊塗的欄位，竟然在機關學校行之有年。

門燈在遠方亮起

老一輩的，個性通常比年輕人保守，過日子不到山窮水盡，很少離鄉背井四處漂泊。但近三四十年來，外在環境和個人經濟狀況變動太大，使得沒多少人能夠從小到老，順當地守住出生時那個家。

早年住的村莊聚落，幾乎沒有不認識的鄰居；現在返回舊居，周邊統統變成陌生面孔。

以前，人們興許多讀了一點詩詞，容易觸景生情，對已經失去或行將消逝的事物，難免懷想追念。現代人凡事道理跑在前頭，一旦確定留不住的即刻鬆手。往往眼睜睜看著許多古老聚落和街景，迅速地被鏟除更新。

能留下的老舊房屋越來越少，更促使我把觀察老舊居所變成一種喜好，猶如讀小說看畫冊那般認真。連同僅僅剩下半截的殘缺牆面，我仍想進一步去探尋，查看牆面青苔，辨認牆面留字或圖案，猜測掛勾上藤籃裡曾經擺放過什麼物品，還有掉落牆角那個已經歪斜的相框，究竟展示過誰的影像？

天地間萬事萬物皆須與歲月競走，持續走過一段路，很多真相也就逐漸攤開明朗了。因此不管經過多少年，心底始終牽掛的是，我應當還有某些東西遺落在哪間屋子，哪座閣樓，哪面牆壁。所以千萬不要怪我，只要瞧見老舊居所和曾經上過班的辦公室，必定對它投注深情的一瞥。

可有時回頭想了想，卻怎麼也想不起來自己到底遺落了什麼？每當極目四野，偶爾會幸運地發現遠方亮起一盞燈光，縱使僅僅一星孤伶伶又濕冷的昏黃，心底總以為它是面對自己才撚亮。

心裡明白，這興許是一時幻象，極可能歸類在難以踐履的奢想。但對任何搬了新居所，抑或出外離家的遊子，絕不會在意那盞燈光強弱明暗，它亮起的位置是否對準自己故居的方向。因此，身心全被那種觸電的感覺所黏貼，躲也躲不掉，這是一種誰都樂於承受的震顫與溫暖！

我相信，不管窮人富人，無論平民高官，每到夜晚都避免不了如此回想過去，包括曾經居住過的城鎮村落和房子，曾經結識的朋友或鄰居。

心底總希望，能有一盞自己所熟悉的門燈亮著。

——原載二〇一七年二月七日《自由時報・副刊》

聽石獅子說話

1 再訪盧溝橋

這個秋天，我再次走訪盧溝橋，想回味二十幾年前首度進宛平城並走過石橋的情景。

才走出宛平西門，就看到盧溝橋在百來公尺外，變把戲般地挺直腰身，以仰臥平躺的姿勢，跨越永定河。

等我走近，抬頭即瞧見康熙和乾隆兩個皇帝依舊板著臉孔，面無表情地站在橋頭，仿如鏤刻著字跡的大碑石。我當然明白他們是為了護住曾經身為皇帝該有的尊嚴，卻令我這個飛越一千八百公里雲天所醞釀的思緒，頓時恍惚走神，腳步跟著踉蹌趑趄。

上次到盧溝橋是個夏天，河床乾涸長著青草，沒看到傳說中由魯班趕來的羊群。朋友說，因為羊群早都變成石頭，被一個個雕刻成石獅子了。

這回是秋天，河水流淌且映著天光，銀亮銀亮像面平滑的鏡子，把兩岸的綠樹與遠處的橋梁一塊兒倒栽水裡，根本看不出河水究竟是清澈是渾濁，符不符合那個「盧」字本是「黑色」之真意。

好在列隊豎立兩側橋欄的望柱頭上，如常蹲踞著近五百隻大大小小的石獅子，他們還算念舊，不受什麼繁文縟節拘束。

絕大多數的石獅子，照樣張開大嘴巴，滿不在乎地嘻嘻哈哈笑鬧著，要不引吭高歌，要不彼此調侃，或朝你逗弄撩撥，甚至毫不遮掩地打呵欠，肆無忌憚地打起噴嚏。小獅仔通常較為害羞，躲的躲藏的藏。

其實這怪不得他們。試問誰有此能耐在烈日、霜雪或風雨、沙塵輪番襲擊中，沒撐傘沒穿棉襖沒戴口罩，而守候三五百年甚至長達八百多年歲月？

我帶著相機從石獅子面前緩步走過，逐一端詳他們，且不時停住腳步，方便按下相機快門。剛開始，石獅子似乎把我視同一般觀光客，趕緊擺出自以為雄壯威武、英俊瀟灑或婀娜嫵媚的姿態；當然，也有把頭歪向一邊，流露不屑一顧的傲慢神情。

一九九一年六月十二日我曾在盧溝橋上騎自行車。

八百多年前建造的盧溝橋，兩側橋欄望柱上蹲踞著數不清的大小石獅。

每當我拍好一個鏡頭，總會讚賞幾句，自以為是地找對方搭訕，將心底疑竇作出簡短提問，更想藉此讓石獅子感受到我誠摯的心意，好慢慢想起二十幾年前的一面之緣，願意同我展開對話，談談心事。

2 一臉滄桑

上橋走沒幾步，北側橋欄某根望柱上一隻石獅子立刻抓住我的視線，因為他面貌嚇人。

遠看他，彷彿被動輒強調文創的年輕人施以時興的潑漆彩繪，朝臉上身上胡亂塗鴉。近看才發現，石獅子左邊臉頰已被削劈成陡峭崖壁，顏面五官爆裂，像土石間雜崎嶇的荒野坡地。

沒有眼睛，沒有鬚眉，沒有耳朵，更不見鼻梁和嘴巴。連趴在懷裡的小獅仔，亦遭波及而面目模糊。

盧溝橋位於北京西南郊，七十幾年前日本軍隊刻意在此挑釁，掀起戰端試圖一舉掐住北京的咽喉，用槍砲轟擊橋頭宛平城內守軍，連帶石橋和石獅子。眼前這對顏面傷殘的兩代石獅子，極可能是當時受到的傷害。

我舉起相機，竊賊般地迅速將石獅子攝入鏡頭，好避免盯住他太久，而令他難堪。只是自己心中湧出的那股酸楚，卻久久無法散去。

我正思考著怎麼向他開口，嘴唇連續吧答吧答彈動好幾下，喉頭卻乾澀得發不出聲音。

不清楚他如何揣度我隱忍的心思，竟然聽到他安慰我說，千萬不要以為我看不見，嗅不到，聽不清楚，說不明白。我見識過的人，聽說過的話語，嗅聞過的味道，足夠作為我與任何人交流對話的索引及資料庫。

過日子理該一切如常。他說，風雪侵蝕，刀槍削劈，砲彈騰炸，既然躲不掉，何不學那河那山那樹那石碑那城磚，繼續擺出原來該有的架勢。從此對很多不堪入耳的言語，看不慣的事兒，充耳不聞，視而不見，閉口不應，也就香臭無味了。

他沒有眉目可供傳達情緒，我卻明白體會到他自信滿滿的大志氣。

現在你再看看我，應當能夠看到不同的面相。我經常聽到過往行人，感嘆自己面貌平庸且生不逢辰，可惜他們只顧盯住腳尖自怨自哀，若是抬頭多看我幾眼，或許多少讓自己獲得一些慰藉。

啊，你不妨再仔細瞧瞧，我從不認為顏面傷殘有什麼丟臉，至少它教人懂得什麼叫歲月，那些從我臉上身上踐踏過的，正是歲月！

他說，人們從小喜歡嚷嚷：「光陰似箭，歲月如梭」，而停留在我臉上身上的疤痕，連同過去那幾百年的時光，半步都不曾離開過我哩！既不是箭，又不是梭。

我們石獅子不曾見過的唐朝大詩人李白，早就慨嘆：「天地者，萬物之逆旅也；光陰者，百代之過客也。」你們人類一輩子僅短短數十年或百年，石獅子一生可多個好幾倍，但會在哪個地方長住久居或借宿暫留，甚至顛沛流離四處為家，根本做不了主，可見誰都是過客，面貌俊美或醜陋又怎樣？

聽他一番話，如同迅速地閱讀一本書冊，教我輕易地從他崩落塌陷的粗陋外表，看見細微體貼的內裡。

3 來者何人

我小時候愛看野台戲，學得最俐落的一幕是，兩軍對峙劍拔弩張之際，雙方指揮官必定會站到隊伍前面叫陣，拉開嗓門大吼一聲：「來者何人？」

彼此通報之後，立馬各自秤秤斤兩，權衡勝算得失，再決定展開慘烈廝殺，或者偃旗息鼓，各自夾緊尾巴撤兵。

幾百年來，盧溝橋上列隊的石獅子看多了形形色色的人群，早已明白人們來意，無須通報便知道有順道來看風景，有專程來欣賞石雕藝術，有特地來作歷史回顧，也有是被朋友拉來聽聽故事。而拎著竹籃肩著農具，或騎著腳踏車路過的，應該屬附近居民。

「來者何人？」這樣的橋段，就省了。

這讓我心裡那份貪婪，懶得隱藏。你休怪我，我耗時費事千里迢迢來到這兒，當然什麼都想沾邊，既想探究歷史故事，又想欣賞風景與石雕藝術。特別想跟你們這些石獅子搭訕聊天，畢竟你們經歷了各種野蠻和文明、戰爭與和平的年代。

有隻石獅子在身邊兩隻小獅仔不停吵鬧蠻纏下，仍然樂意和我說話。

他告訴我，從華北平原過來，盧溝橋正是進出北京城孔道。過去好幾個朝代的中國人，日夜夢想著「名聲透京城」，其中當然包括住在隔著大海、距離將近兩千公里的海島居民。

他曾經看過許多胸懷大志的書生，背著一籮筐線裝書，夾帶充當乾糧的炒熟米粒，及母親親自碾磨蒸製的糕餅，腰間還插幾節甘蔗，掛一葫蘆清水，渾身汗臭地從我面前走過去。

唉！他嘆了口氣說，這些進京趕考博取功名的書呆子，一旦落第便覺得無顏返鄉面對父老，懷裡銀子夠的繼續窩在客棧，少了盤纏只好流落街頭，說什麼也要一試再試，直到自己垂垂老矣仍不死心。少數幸運兒金榜題名，眼看榮華富貴即將到手，更要使勁撇開生養他們的窮鄉僻壤。

幾百年來，我們石獅子眼看著這一批又一批絡繹於途、接踵而至的年輕書生進京，卻很少見到他們回頭返鄉的身影，直到清朝末年廢掉科考。

可北京確實是個能夠讓人力爭上游的城市，許多年輕人進京的想法很簡單——縱使乞討，也比蹲在窮鄉下容易餵養自己。

你看看我身邊這兩隻小獅仔，根本無心學習，每天吃飽喝足了光曉得跟前跟後地騰鬧。經常把我充當拐彎抹角的城牆，爬上爬下鑽進鑽出地躲貓貓。

這兒離京城近，不用他們挑著書冊乾糧爬山涉水走遠路，大可試著去闖天下，想法子入黨提幹，將來當個常委、書記、主席、部長什麼的，該多風光。奈何兩個小把戲偏偏不成器，成天懵懵懂懂，不知道要到何年何月才能醒悟。

唉，京城對他們而言，真是咫尺天涯呀！

4 不說也罷

距離橋東端不遠處，有隻石獅子緊緊抿住嘴巴，不言不語。看來很特別。

在人類社會，種族膚色有別，成長背景或年齡層不一，容易發生強凌弱、眾欺寡、大欺小的霸凌情事。而盧溝橋上近五百隻大大小小的石獅子，來自幾個不同朝代，雕工粗細石質軟硬各異，也許會產生類似的問題。

於是我問他，為什麼大家都咧開嘴笑得開開心心，獨獨你緊緊憋住嘴唇，不吭氣？

他先則文風不動，後來禁不住我用相機遠拍近拍左拍右拍，把他當明星般侍候，才突然開竅般冒出一句：「你不曾聽過說書人嘴裡掛著的——說來話長這四個字嗎？」

我要說的，可不是幾天幾個月說得完，何況獅子老了和你們人老了一樣，思想言語、手腳動作跟著遲緩笨拙，腦筋肯定僵化遲鈍糊塗，稀里呼嚕像鍋麵疙瘩，縱使有一肚子想說的話，一時半刻也說不出個所以然。

別看我那幾百隻老老小小的左鄰右舍，個個張開嘴笑呵呵的，如果不算傻笑，頂多是面對來客擺個和善姿勢，讓你們拍拍照片，大家開心吧！

聽他這麼一說，我覺得有道理。確實有些人走馬看花，順手拍幾張照片算是到此一遊。尤其現代年輕人，只看過某些廟門口的石獅子，不一定認得你們。必須像我這般年紀，在所讀的小學和中學課本裡，我們已經見過幾次面，知道些許故事引子，才能多少有所領會，彼此堪稱舊識。

很多人主張，把過去的事兒寫下來便是歷史。卻往往你寫你的，我寫我的，或眾口鑠金，到底誰是誰非，恐怕連天老爺都會被弄糊塗。所以，我決定閉上嘴巴，不說也罷！

究竟什麼是歷史？不是你說了算，也不是我說了算，大家都明白真相只有一個，恐怕得留待後人去評斷。

幾個世紀以來，人類遭受不少災難。從這橋在八百二十幾年前搭建到現在，若把所有的災禍一頁一頁寫下來，再成落堆疊，怕有宛平城城牆的高度吧！

面對這麼一隻獨特的石獅，說是與他對話，卻讓我無言以對。

5 小子難纏

當地人或是遊客，甚至專家學者，都曾經慨嘆：「盧溝橋的獅子——數不清。」

有著三隻小獅仔的石獅媽媽，大老遠就朝著我露出一臉苦笑，皺緊眉頭向我訴說著養育兒女的辛酸，說話時還用腳踩住其中一隻頑皮的小獅仔。

她說，以前人們都說多子多孫多福氣，賀人喜壽塞個紅包，還要預祝對方生個百子千孫。嘿，你瞧瞧，我不過生了三隻獅仔，每天都被折騰得寢食難安。

兩個小獅仔成天把媽媽充當拐彎抹角的城牆，爬上爬下玩躲貓貓。

這幾個小鬼從小黏在我身邊，開始覺得他們聽話乖巧，沒想到那麼多年過去，他們似乎永遠長不大。

聽獅媽媽一番抱怨，我告訴她一句台灣鄉下流行的諺語「多子餓死爸」，兒女多確實開銷大，照顧起來格外辛苦……

她等不及聽我說完話，即拚命拍手叫好，連喊了幾句：「多子餓死爸！多子同樣餓死媽，這話說得好，說得挺有學問。」

他告訴我，大陸人口太多，厲行一胎化政策多年，總算讓身為父母者不再被眾多子女所拖累，讓家庭社會穩住陣腳。遺憾的是，這做法對我而言，晚了好幾百年。

我曾經橫下心，統統把他們送去幼兒園，沒想到三個小鬼吃完點心，嘴一抹就吵著回家。後來大些，要他們上學校讀書，竟然說天天考試外加補習，煩都煩死了。最後，趕他們出去打工學點謀生技巧，又說這對他們的才華是汙辱，委屈了自己。

反正我說往東，這個便會說往西，那個說往南，另一個說往北。

如果只生一個兩個，了不起雙手捧著或一手抓一個，教他們逃不出如來佛掌心。

我呢？連生三個，要逍遙，恐怕得等我學會三腳騰空，還能夠表演金雞獨立才行吧！

你看我腳底下這小子，某一天突然稱讚我脖子下掛的銅鈴鐺個兒大，且特漂亮特響亮。我高興地以為小子長大懂事了，哪曉得他心懷鬼胎，接下來一句話竟然是，這鈴鐺拿到北京古玩市場賣，肯定賣得好價錢。

我早告訴過這小子，老祖宗傳下來的寶貝要珍惜。他還硬拗說，正因為是骨董才值錢。我不答應，他動不動便伸手去撥動鈴鐺，吵得鄰居都不安寧。既然不成材，我只好時不時地把他踹在腳底下教訓教訓，看看能否扳正一點。

唉！該怎麼形容我這幾個寶貝呢？我想，大概像你們人類近年來說的新世代「啃老族」吧！

附註

踏上盧溝橋之前，我原先想做的事兒，是與石獅子對話，未料他們個個張著大嘴巴，能言善道，連一隻很少見的閉嘴石獅，都拿我當忠實的聽眾，使我最後寫下來的篇章，自然變成〈聽石獅子說話〉。

也許，再過個三五百年，這些石獅子依舊蹲踞在橋上，到時候就等我孫子底下好幾重孫子，到這裡跟他們進行對話吧！

——原載二〇一六年二月十二、三十一日《中國時報・人間副刊》

後記
閱讀的樂趣

三百多年前，張潮在《幽夢影》寫說：「讀經宜冬，其神專也；讀史宜夏，其時久也；讀諸子宜秋，其致別也；讀諸集宜春，其機暢也。」把讀書的要訣與享受的情境，做了非常精闢的剖析。

我寫了幾本散文和小說，從來就不知道該建議別人什麼時候讀它才適合，因為這些文稿既沒有經史子集那般深厚的學問，更禁不起推敲考證。充其量，不過是一個筆耕幾十年的作者，真誠地描繪出自己日常的浮思遐想與周邊見聞，讀它大可不忌春夏秋冬，不避晴雨寒暑，廚廁車床隨處坐臥，皆可翻閱。

可惜近年來樂於閱讀書籍的同好，越來越少。無論讀本出自古今中外大師嘔心瀝血創作，或歷經歲月淘滌而留存的名著經典，往往不如網路上一則笑話或一幅漫畫來得討喜受歡迎，更遑論現代人書寫的散文和小說。任何人寫出文稿編印書冊，想覓得知音，都要有自知之明。

其實在電腦網路發明之前，讀書除了應付升學考試求職，會把它跟唱歌、遊戲、打牌、喝酒等諸多嗜好並列的，並不太多。二十幾年前，我寫過幾則有關閱讀的真實故事，正好用來證明個人絕非信口開河。

故事之一：帶尺來量

在宜蘭市區開過書店的郭小姐，營業期間曾把店裡庫存的一套遠景版諾貝爾文學獎全集精裝本，搬到羅東書展會場以二點五折低價陳售，展示幾天乏人問津，迫使她分冊零賣。果然，一口氣就賣出三四十本。

我得知消息趕去選購時，卻發現個怪異現象。其中，蕭洛霍夫四冊的《靜靜的頓河》，竟然只剩第一冊和第三冊；湯瑪斯．曼上下兩冊的《布登勃魯克家族》，也僅存上冊孤單地留守，令人百思不解。探究原因，竟然扯出一段買書人拿尺來量的故事。

話說前一天店員輪班看場時，來個衣著不俗的士紳，瞧見這套紅色封面又燙金圖案的精裝書，認為買回家擺進新裝潢的客廳壁櫥裡，和收藏的洋酒放一塊兒，肯定氣派搶眼。細問每本價格竟然只要幾十塊錢，等於稱斤買賣，馬上從口袋掏出一條兩頭打了結的塑膠繩，橫在書架上左右比畫，準備買個幾十本回家當擺設。

當他發現塑膠繩末端那本書厚度超出繩結，就從中間挑出一本稍厚的書冊挪到比畫範圍外，然後找本較薄的替代。一次不盡理想，便行抽換，直到所挑的三十來本精裝書總厚度符合那打結繩索的長短，立刻付錢裝箱帶走。

面對這樣的結果，郭小姐哭笑不得地頻頻向我致歉。我安慰她說，對方買回去的畢竟是文學經典，多少能在家裡散發書香，比起某些拿彩印的書牆影像壁紙逕往牆壁貼，要實在得多。

故事之二：電話簿也算藏書

有個老鄰居到一所國中任教，她希望教室內充滿書香氣氛，方便培養年輕孩子讀書習慣。即規定班上每個學生必須帶三本課外書到學校，作為班級圖書館藏書。等學期終了，再各自取回或與其他同學交換。

按她估計，班上四十名學生，每人三本，全班就有一百二十本課外書，扣掉重複部分，每個學生每學期至少能讀到幾十本甚至上百本的課外書，喜歡看書的孩子整個學年下來，就可以讀一兩百本課外書。

她想，這樣的安排絕對能夠養成年輕孩子的閱讀習慣，從書香薰陶中改變氣質，增進學識。

等班上學藝股長把書收集得差不多，她才發現，縣政府和鎮公所印發的《農民曆》就有三十幾本，高居榜首；其次，地區農會編印的《農保手冊》、《農藥使用須知》，電信局編印的《住宅電話簿》、《工商消費電話簿》皆被當作班級叢書。大概只有零星幾本雜誌、故事書、漫畫書和言情小説，勉強算是課外讀物。

學藝股長見老師愣在那兒半天沒説話，便吞吞吐吐地向她報告，本來還有同學交來幾年前印的農民曆和電話號碼簿，全被他退回了。

她把一些交農民曆和電話簿充數的學生找來，問他們平日身上有沒有零用錢，家裡為什麼連一本課外書都買不起？

多數學生的答案是，身上的確有幾十塊到百來塊可供花用，但他們每天要喝飲料、吃零嘴，星期六下午及星期天還要看場電影或到遊樂場玩耍，這點零用錢根本不夠花，哪來錢買書？

故事之三：班級書箱

我還有個朋友早年被派到冬山鄉下小學擔任校長，當時學校沒有圖書館，他就想出窮人家的克難辦法，請老師們分別到羅東街上一些雜貨店去要來裝肥皂用的木條箱子，刷洗乾淨後發給各班充當「班級書箱」。再由學校和家長會籌錢買書，希望孩子們有機會多讀一點課外書。

過沒多久，校長卻發現班級書箱裡的書經常短少。想持續為同學添購新書，在這鄉下學校可是個大負擔，要計畫很久且得到處省錢湊合始能如願。

他只好要求各班級任導師，鼓勵學生讀書時縱使把書本讀舊、讀破，也不能把書讀丟，讀得屍骨不存，教後續想閱讀的同學沒書可讀。校長同時和學生們約定，哪個班少掉哪幾本書，便由那個班同學負責買來賠償。

這位校長朋友告訴我，等到學期終了逐一巡視後發現，大部分班級書箱的書儘管一本不缺，完全符合他的要求。但整箱書籍，竟然嶄新如初，書頁裡外連個小手印都找不到。

重述這三則老故事，讀者朋友不難明白我的意思。

現在社會多元，任何人不能只站在自己的角度看人。何況已經少有家庭把書架書櫃作為必備的家具去設置，那些擺洋酒的客廳大概也不作興間雜幾本書冊，更不知道還有多少校長老師願意為孩子們籌設班級書箱，鼓勵孩子多讀點課外書。

如果有，作家寫書出書還有機會充當門面，直等到書冊裡長出霉點黃斑這段歲月，多少總抱有一絲希望：在其中某一天會遇上知音。

和朋友聊天，只要談到寫書讀書，我都不忘提醒對方，如果讀了還能認同，就請推介給同好。若翻個幾頁，仍然引不起興趣，那就轉送給其他朋友。

把買來的書當成一張賀卡、一束花朵、幾粒水果、半打飲料或一盒餅乾送人，算是為書找到好歸宿。多少可以幫所有作者，減輕為印書而砍樹造紙的罪過。

讀書的樂趣，有時候像攬鏡自照，有時候像推開一扇窗子面對風景。每個人不但能夠保有原本的自己，又可以去探索尋覓書中更多的知音，與作者分享現實生活的煩憂和喜悅。這也是書籍寫作者樂於追尋的。

以上是今年一月我在《文訊雜誌》刊登的文字，就充當這本書的後記吧！《腳踏車與糖煮魚》裡的二十篇散文，是近兩三年來發表於各報刊的文稿，自認為寫得認真誠懇，應該值得一讀，應該能夠讓大家讀出一些趣味。

最後，我要感謝散文大師張曉風教授，於百忙中得知有這本書出版，還特別寫了〈推薦序〉鼓勵我。

九　歌　文　庫　1　2　8　6

腳踏車與糖煮魚

國家圖書館出版品預行編目（CIP）資料

腳踏車與糖煮魚／吳敏顯著. -- 初版. -- 臺北市：九歌, 2018.06
面；　公分. --（九歌文庫；1286）
ISBN　978-986-450-190-8（平裝）
855　107006783

作　　者——吳敏顯
內頁攝影——吳敏顯
責任編輯——張晶惠
校　　對——魏得璇、楊俶儻
創 辦 人——蔡文甫
發 行 人——蔡澤玉
出　　版——九歌出版社有限公司
台北市 105 八德路 3 段 12 巷 57 弄 40 號
電話／02-25776564・傳真／02-25789205
郵政劃撥／0112295-1

九歌文學網　www.chiuko.com.tw

印　　刷——前進彩藝有限公司
法律顧問——龍躍天律師・蕭雄淋律師・董安丹律師
初　　版——2018 年 6 月
定　　價——300 元
書　　號——F1286
I S B N——978-986-450-190-8